Du chaos naissent les étoiles

Éditions Eyrolles
61, bd Saint-Germain
75240 Paris Cedex 05
www.editions-eyrolles.com

Collection « Pop'Littérature »

Éditrice externe : Agnès Marot

ISBN : 978-2-416-00091-1
Composé par Soft Office

Marilyse Trécourt

Du chaos naissent les étoiles

Roman
EYROLLES

De la même auteure

Au-delà des apparences, 2014
Une autre vision du bonheur (recueil de nouvelles), 2014
Le Bon Dieu sans confession, 2015
Otage de ma mémoire, Éditions Carnets Nord, 2016
L'Ombre du papillon, 2016
Et j'ai choisi de vivre, 2017
Vise la lune et au-delà !, Éditions Eyrolles, 2018
Une vie plus belle que mes rêves, Éditions Eyrolles, 2019
Pas besoin d'être un super-héros pour réaliser mes rêves, Éditions Eyrolles, 2019
Le bonheur est un papillon, Éditions Eyrolles, 2020

Chers lecteurs,

Vous vous apprêtez à lire l'histoire de Juliette. Celle-ci vous réservera quelques surprises. Je compte sur vous pour ne pas les divulguer, que ce soit dans vos commentaires ou vos chroniques, afin de préserver la satisfaction des lecteurs qui la découvriront à leur tour.

Merci par avance.

Marilyse

« Il faut avoir du chaos en soi
pour accoucher d'une étoile qui danse. »

Nietzsche, *Ainsi parlait Zarathoustra*

Sans chaos, nous n'avançons pas,
nous ne cherchons pas à grandir,
à comprendre, à réparer, à créer.
Sans chaos, notre ciel reste le même
et aucune nouvelle étoile ne peut y naître.
Ainsi, le chaos nous permet d'atteindre
et d'apprécier le bonheur.
Le chaos est à l'origine de la vie
et de tout commencement.

Marilyse

1

Paris – septembre 2020

— QUELLE merveilleuse journée !

Je déambule dans la librairie, entre les étals de livres aux couleurs chatoyantes. Mon doigt glisse sur chaque couverture, s'attardant sur celles qui présentent des reliefs, comme si une partie de l'histoire essayait de transpercer la surface cartonnée pour venir jusqu'à moi. Les odeurs du papier et de l'encre se mélangent à celles des bougies parfumées et des boîtes de thé entreposées près de la caisse. C'est moi qui ai eu l'idée de les proposer à nos clients. J'estime qu'il n'y a rien de plus réconfortant que de lire un roman en se délectant d'une tasse de thé et de la fragrance des fleurs de cerisier. Seul un feu crépitant dans la cheminée pourrait parfaire cette ambiance. Je ne peux décemment pas vendre de cheminées ici, mais nous avons des posters très réalistes à l'étage.

J'aime mon métier. J'aime conseiller les lecteurs, répondre à leurs questions, laisser mon intuition me guider dans la commande des livres qui vont plaire au plus grand nombre. Mais, ce que j'aime le plus, c'est pressentir *le* roman qui correspond à chaque lecteur. Au début, c'était un jeu pour moi. À présent, c'est une véritable passion. Dès qu'un client entre dans le magasin, à sa façon de marcher, de laisser son regard errer sur les couvertures, d'incliner la tête, de se toucher le visage en lisant le résumé, de le reposer et de regarder autour de lui, je sais quel lecteur il est, mais aussi quel livre lui convient, là, maintenant. Au bout d'un moment, je m'approche de lui avec celui que je sais être le bon livre et je lui annonce : « Voilà, j'ai ce que vous recherchez. » Le client est généralement surpris, il recule parfois d'un pas, frustré qu'on lui ait volé le plaisir de fureter à sa guise alors qu'il n'a rien demandé. Je lui adresse un sourire rassurant. Je ne lui raconte pas le résumé, mais ce qu'il va retirer du récit : les émotions, les réflexions, les sensations qui vont s'emparer de lui et changer son univers pendant les heures de lecture, et sans doute même après. La première fois, le client affiche une moue dubitative, histoire de reprendre la main sur son libre arbitre : « Oui, peut-être. Je vais y réfléchir. Merci bien. » Mais, parfois, il se laisse tenter quand même. D'autres fois, un ou une fidèle de la librairie s'approche avec un sourire de connivence et explique : « Juliette a un don pour deviner ce qui nous convient réellement. » L'amoureux des livres cède de bonne grâce : « Bien. Je peux toujours essayer. Après tout, ce n'est qu'un livre. »

J'ai souvent envie de lui répondre : « Non, ce n'est pas qu'un livre. C'est *votre* livre. Celui que vous avez besoin de lire maintenant. » Mais je me tais. Dans neuf cas sur dix, il viendra me remercier quelques jours ou semaines plus tard, me rappelant une fois de plus pourquoi j'aime tellement mon métier.

Paul soutient que j'ai un vrai don, lui qui, pourtant, est encore plus cartésien que moi. Après dix-huit ans de vie commune, il ne veut toujours pas croire que c'est seulement le fruit de mon expérience, de mes lectures frénétiques et de mon sens de l'observation. Quand on exerce ce métier depuis plus de dix-huit ans, on sent ce genre de choses.

Enfin. Entretenir le mystère, c'est bon pour les affaires !

Aujourd'hui, pourtant, la librairie n'est fréquentée que par des étudiants qui entassent dans leur panier les ouvrages figurant sur leur liste scolaire. Je les observe faire leurs achats sans un regard pour mes petits protégés, m'amusant en silence à deviner leur domaine d'études.

Je me sens étrangement bien. Quelque chose, au fond de moi, a lâché prise, me libérant d'un fardeau trop lourd pour moi. En passant devant les portes vitrées, je souris à mon reflet : mes cheveux blonds, pour une fois détachés, descendent en cascade sur mes épaules, ma longue robe fleurie danse autour de moi, et même mes pieds sont à la fête dans leurs sandales ouvertes. Moi qui déteste mes orteils, j'ai accepté de les laisser à l'air libre, me moquant, une fois n'est pas coutume, de ce deuxième orteil qui dépasse outrageusement le pouce (que j'ai d'ailleurs surnommé Iznogoud) et qui me complexe depuis toujours. Tant pis ! Aujourd'hui, ça n'a plus aucune importance. Mes pieds effleurent le sol de la librairie comme ils l'ont fait mille fois, avec l'impression confuse, presque euphorique, de flotter sur ma propre vie. J'ai hâte de partager mon bonheur avec Paul, le pauvre n'a que trop subi ma mauvaise humeur ces derniers temps.

Un nuage sombre, épais, s'invite soudain au-dessus de ma tête. Mes sourcils se froncent malgré moi ; mon sourire se fane un instant. Rien qu'un instant. L'instant d'après, la clochette de la librairie retentit, et mon humeur est de nouveau au beau fixe.

Une jeune femme referme la porte derrière elle, apportant dans son sillage un léger parfum de patchouli qui me rappelle la maison de mes grands-parents. À son allure, sa petite robe, ses tennis et sa queue-de-cheval, je lui donne une trentaine d'années. Je continue à vérifier le classement des livres de poche, lui laissant ainsi le temps de « faire son petit tour ». Il n'y a rien qui m'agace plus qu'une vendeuse qui me saute dessus avant que j'aie eu le temps de faire mon fameux petit tour pour m'approprier l'espace. Un coup d'œil dans sa direction m'apprend qu'elle me regarde. Je sens que le moment de lui proposer mon aide approche ; mais, avant, je termine la vérification de la rangée des A à D. Tout est en ordre. Quand je me retourne, la jeune femme n'est plus au même endroit que tout à l'heure. Elle a disparu. Dommage !

Je rejoins Stéphane, penché sur une pile de bandes dessinées qu'il installe sur des rayonnages.

— Je pars prendre ma pause, chef !

Il garde la tête inclinée et se contente de sourire.

— À tout à l'heure ! je chantonne en récupérant mon sac à main et mes lunettes de soleil.

Dehors, l'ambiance est au diapason de mon humeur. Il fait encore chaud, en ce mois de septembre parisien. Une chaleur idéale. Les touristes sont en tee-shirts et en tongs, les travailleurs relèvent leurs manches et les mamies s'éventent en discutant sur les bancs.

Le parc du Luxembourg est noir de monde. Autour du bassin assailli par les bateaux électriques téléguidés par des enfants très concentrés sur leur tâche, les gens se sont assis pour profiter de la fraîcheur relative. Je poursuis ma route sous les marronniers. Là, je repère un carré d'herbe disponible et m'y installe. Je sors de mon sac ma bouteille d'eau et mon sandwich, que je déguste en profitant de ces instants de quiétude.

Un peu plus loin, là-bas, derrière le toboggan, je remarque une femme qui regarde dans ma direction. Un couple de personnes âgées passe devant elle ; quand ils s'éloignent, elle a disparu.

Je m'allonge et ferme les yeux, laissant le soleil filtrer sur mon visage à travers les feuilles verdoyantes. Cette journée a vraiment un goût d'éternité. Le soleil envahit peu à peu la pelouse, m'indiquant que l'heure de ma pause touche à sa fin.

Légèrement somnolente, je m'étire, inspire une dernière fois l'air tiède empli d'une odeur d'herbe humide, et me redresse. Je rouvre les yeux sur le monde, éblouie par les rayons du soleil qui ont pris possession de la pelouse.

Un sursaut me tire définitivement de ma léthargie : une jeune femme est assise tout près de moi. C'est celle de la librairie. Elle m'observe avec un sourire, comme si l'on se connaissait depuis longtemps.

— Vous m'avez fait peur !

— Je suis désolée. Ce n'était pas mon intention.

Je souris, un peu plus alerte. Je ne m'étais pas trompée : elle avait besoin d'un conseil.

— J'allais retourner à la boutique. Je peux vous aider ?

— Non. C'est moi qui peux vous aider.

J'en reste muette de surprise.

— J'ai un message pour vous, poursuit-elle.

Je plisse les yeux, cherchant à me remémorer son visage.

— On se connaît ?

— Pas encore.

Un sourire moqueur s'invite sur mes lèvres.

— OK. Vous êtes voyante, ou un truc du genre ?

— Un truc du genre.

— Je vois. Vous allez me vendre un objet dont je n'ai absolument pas besoin, et, comme je suis gentille et que je ne veux pas vous faire de peine, je vais me sentir obligée de vous l'acheter et je le regretterai ensuite. Je préfère vous dire « non merci » et m'en aller. Je vais être en retard à…

L'inquiétude soudaine dans son regard me coupe dans mon élan. Je voudrais déguerpir, retrouver ma librairie et mon petit quotidien tranquille, mais tout mon corps reste figé. Captivé. Comme si, quelque part, il savait déjà ce que cette inconnue veut me dire.

Son expression devient plus grave et ses yeux me fixent, m'intimant l'ordre d'écouter ce qu'elle a à me dire :

— Juliette, c'est vraiment très important. Vous devez sauver la vie de trois inconnus en moins de quinze jours.

J'éclate de rire.

— Qu'est-ce que c'est que ce baratin ? Sinon, quoi ?

— Sinon, ce sera le néant.

2

La jeune femme m'observe toujours avec intensité, mais son regard s'adoucit. Le ton de sa voix, son regard, sa posture : tout en elle respire l'assurance, la confiance. Mon rire meurt dans ma gorge, transformé en un rictus sceptique. C'est totalement invraisemblable, et pourtant… Pourtant, je suis toujours là. Incapable d'esquisser le moindre pas.

Autour de nous, les bruits semblent atténués ; la lumière me paraît moins intense.

— J'ai dû mal vous comprendre.

— Au contraire. Je suis certaine que tu as déjà compris.

OK. Elle passe au tutoiement à présent. Pour qui se prend-elle ?

— Laissez-moi tranquille.

Je me lève, mais mes pieds restent figés au sol. Elle m'imite sans se presser.

— Tu vas mourir, Juliette. Tu dois me croire. C'est très important.

— Mais de quoi vous parlez, à la fin ?

La colère s'invite dans ma voix, la faisant trembler légèrement. Ou peut-être est-ce l'inquiétude ? L'inconnue m'observe toujours avec autant de calme ; pourtant, elle n'est pas impassible. Au contraire : tout son être vibre de chaleur, de douceur, comme si elle essayait de m'en envelopper. Par compassion ?

— Tu es une messagère, insiste-t-elle. Sois à l'écoute. Tout dépend de toi. Tu as quinze jours.

Aussi délirants que soient ses propos, elle y croit dur comme fer.

— Non, mais vous vous foutez de moi ?

— Je sais que tu as peur, Juliette. Je suis là pour t'aider.

— C'est n'importe quoi !

— Tu as toutes les réponses en toi, affirme-t-elle.

Et elle me plante là, sans un mot de plus. Mon réflexe est de la rattraper, mais mon corps refuse d'obéir. Prise d'un tournis, je me rassieds dans l'herbe et me concentre sur ma respiration. Peu à peu, ma gorge se desserre ; la panique qui m'avait envahie reflue, clarifiant enfin mes pensées.

Cette bonne femme est complètement cinglée, c'est évident. Quelle histoire rocambolesque ! Je ferais sans doute mieux d'en rire, après tout. « *Tu as toutes les réponses en toi* », sérieusement ? Qui prononce réellement ce genre de phrase toute faite qu'on trouve dans les ouvrages de développement personnel ?

« *Cherche en toi les réponses, ne dépends de personne pour être heureuse, tu as toutes les cartes en main pour transformer ta vie.* » C'est une métaphore, pas une injonction à prendre au sens littéral !

Sans compter son histoire qui ressemble vraiment à un scénario de film catastrophe dans lequel le héros a quinze jours pour sauver sa peau. Comment ai-je pu y croire un seul instant ?

Juliette, tu es vraiment trop crédule.

Je ramasse mes affaires et reprends le chemin de la librairie, riant de moi-même à présent. En passant devant l'église Saint-Sulpice, pourtant, je ralentis le pas. J'ai envie d'y entrer. Une envie aussi irrésistible qu'incompréhensible. Je ne fréquente pas les églises, si ce n'est lors des vacances estivales, quand le besoin de demeurer quelques instants dans un endroit frais se fait pressant. Je pousse la lourde porte en bois sculpté. L'intérieur de l'édifice est éclairé de la lumière filtrée par les vitraux et des flammes des bougies virevoltant près de l'autel. Il n'y a personne, si ce n'est un organiste, quelque part, qui joue un air lugubre. Bizarrement, cette atmosphère m'apaise aussitôt. Je m'assieds sur un banc et j'observe les fleurs disposées dans de grands vases sur les marches. L'odeur de l'encens m'emporte loin, très loin d'ici, dans une petite église de la Côte d'Azur que je fréquentais enfant, quand j'étais en vacances chez mes grands-parents.

Quand nous sortions de la messe, ma mémé Jeanne rentrait préparer le déjeuner, tandis que mon pépé Jules m'emmenait sur la plage pour y ramasser les plus beaux galets tout en me racontant ses dernières péripéties. Dans le village, on l'appelait Lou Sauvadou, Le Sauveur, car il venait en aide à tous ceux qui en avaient besoin. Et même à ceux qui ne lui demandaient rien d'ailleurs. Il allait faire des courses pour la mamie qui ne pouvait plus descendre de chez elle, réparait le vélo du petit du boulanger, taillait les arbres de son voisin qui s'était cassé le bras ou écrivait le discours des bons vœux du maire qui n'avait plus d'idées au bout de vingt-cinq ans. Il est comme ça, mon pépé.

Pour lui, aider trois inconnus, ça n'aurait rien d'un défi. Si cette histoire était réelle, je prendrais exemple sur lui pour sauver ma peau – et celle de trois autres personnes au passage. Ce qui n'est pas le cas. Pas du tout. Je ne connais pas cette folle et elle ne sait rien de moi. Si ce n'est… mon prénom.

Elle m'a appelée « Juliette ».

3

Ma respiration se fait sifflante ; ma poitrine se bloque, m'empêchant d'inspirer tout à fait. J'ai très chaud, tout à coup. Une sueur glacée coule le long de ma colonne. Mes pensées tournent en rond, aspirées par le manque d'air qui me fait suffoquer. Je me précipite vers la sortie ; la porte latérale s'ouvre d'elle-même pour laisser entrer un prêtre, costume noir et col blanc.

— Bonjour ! m'interpelle-t-il. Vous semblez bien pressée.

— Oui, en effet. Je dois… je vais… Je ne sais pas.

Je pose ma main sur le bénitier pour ne pas m'effondrer.

— Vous voulez vous reposer un moment ? Le temps de reprendre vos esprits…

J'acquiesce, confuse, en me laissant tomber sur un banc.

— Alors, que vous arrive-t-il, mon enfant ?

Son regard doux et bienveillant me met en confiance.

— Ça va vous paraître dingue…

— Je suis prêtre, rappelle-t-il, amusé. J'ai entendu toutes sortes de choses.

Il sourit pour m'encourager. Je rougis, un peu honteuse, et bafouille :

— J'ai rencontré une sorte de… voyante ? Elle a prédit ma mort prochaine, sauf si je parviens à sauver trois inconnus dans les deux prochaines semaines.

Je m'attends à un éclat de rire, voire à des remontrances. Il se contente de demander :

— Qu'est-ce qui vous fait croire qu'elle disait vrai ?

Ma gorge se serre de nouveau. Je souffle du bout des lèvres :

— Elle connaissait mon prénom.

— Eh bien. C'est peu commun.

— Je suis libraire. Elle a… elle a pu l'entendre sur mon lieu de travail ?

— Mais vous n'y croyez pas.

Je hausse les épaules.

— Je ne sais plus ce que je crois.

Il réfléchit un moment, pensif. Le silence de l'église, autour de nous, se fait moins oppressant – au contraire, il calme mes pensées, les enveloppe d'un cocon rassurant. J'ai presque retrouvé ma respiration normale lorsqu'il reprend :

— Que cette prédiction soit exacte ou non, sauver des vies inconnues est de toute façon louable, vous ne trouvez pas ?

— Si. Probablement. (J'hésite un instant, puis j'ajoute :) Mais je ne sais même pas par où commencer.

— Si vous cherchez à aider les autres, de tout votre cœur, ils le sentiront. Ce sont eux qui viendront à vous.

— Et si j'échoue, et que la prédiction est réelle ? Si… Si je mourais dans quinze jours ?

— Gardez la foi, Juliette.

Je rougis, un peu honteuse de n'avoir jamais fréquenté les églises que par obligation, ou par curiosité. Qu'est-ce qui m'a poussée ici, aujourd'hui ? La peur subite de mourir ? Ou quelque chose de plus profond, enfoui très loin dans mes pensées ?

— Merci. Je… Je ne vais pas vous déranger plus longtemps.

— Si vous avez besoin de me parler de nouveau, les portes de cette église vous seront toujours ouvertes, ajoute-t-il avant de remonter le long de la nef.

Lorsqu'il disparaît, je me rends compte que je respire de nouveau normalement. Après tout, pourquoi pas ? Même si cette femme m'a raconté n'importe quoi, aider trois personnes ne me fera pas de mal.

Dehors, le paysage qui m'entoure semble soudain très terne, comme si l'on avait subitement baissé les lumières, alors que le soleil continue de briller dans le ciel immaculé. Je resserre les pans de mon gilet contre moi, prise d'un frisson. Un effet de mon tsunami émotionnel, sans doute.

Revenir à la librairie me semble insurmontable. Toujours tremblante, j'envoie un texto à Stéphane et l'informe que je dois prendre quelques jours de congé pour raisons familiales. J'espère qu'il ne me tiendra pas rigueur de lui faire faux bond à la dernière minute.

Après trente minutes de solitude, pourtant, je ressens le besoin irrépressible de me confier à quelqu'un. Entendre des mots rassurants, n'importe lesquels. Mes doigts composent le numéro de Paul, puis se figent sur le téléphone. Paul est l'esprit le plus cartésien que je connaisse. Malgré tout l'amour que je lui porte, ce n'est pas de lui dont j'ai besoin, là, tout de suite. J'ai besoin de quelqu'un qui me croira sans poser de questions, quelqu'un qui me réconfortera, me donnera des idées. J'hésite à appeler ma mère mais je me souviens alors qu'elle est partie en croisière avec Charles et qu'elle est certainement injoignable. Quant à mon père, je n'ose pas l'appeler. La dernière fois que je l'ai fait, sa déprime m'a contaminée.

Non : le seul qui soit capable de m'entendre, là, tout de suite, c'est mon pépé Jules.

4

Mai 2002 – Nice

— ALLEZ, accélère, Juliette !

Fanny se retourne pour s'assurer que je la suis toujours. J'essaie d'allonger le pas, mais mes jambes flageolent encore un peu et la vitesse n'arrange rien. C'est la première fois que je chausse des rollers, cédant à l'argument suprême de mon amie : « Ça va te faire un cul d'enfer ! » Maintenant que je suis là, en plein milieu de la Promenade des Anglais, je n'en mène franchement pas large et mon fessier se moque éperdument de la forme qu'il a, pourvu qu'il reste entier, ce qui n'est pas gagné. Fanny, qui pratique le roller en club depuis deux ans, ressemble à une walkyrie qui fend le vent d'un air conquérant, tandis que je passe pour un Culbuto en short. Les passants, prudents, s'écartent sur mon passage en affichant qui un sourire désolé, qui une mine apeurée.

Je me demande pour la centième fois pourquoi j'ai accepté cette proposition ridicule quand je vois Fanny s'arrêter un peu plus loin, face à un garçon que je ne connais pas. Une fois arrivée à ses côtés, elle me présente à Lucas, un « pote du club ». Elle me demande si ça me dérange qu'elle aille boire un verre avec lui, ajoutant qu'on se retrouvera demain à la fac. Et elle me laisse là, avec ces satanés rollers aux pieds, au milieu des badauds. Je suis à la fois en colère contre elle et contre moi. Pourquoi avoir accepté de la suivre alors que je n'en avais pas vraiment envie ? Pourquoi je n'arrive jamais à dire « non » ? Pourquoi suis-je aussi nulle alors que tous les gamins du monde savent faire du roller d'instinct ? Pourquoi ne suis-je pas plus sportive ?

Je décide de rentrer chez moi en rebroussant chemin. J'essaie de me rappeler les conseils de Fanny-la-lâcheuse : accélérer mon allure tout en gardant mon équilibre. Je suis penchée en avant, concentrée sur chacun de mes pas.

Bam !

Je me retrouve projetée sur le bitume, cinq mètres plus loin, tête la première, un peu sonnée.

— Tu te sens bien ?

Au-dessus de moi, un jeune homme me tend la main.

— Je suis vraiment désolé, je ne t'avais pas vue !

— C'est toi qui m'as percutée ?

— Oui, excuse-moi. J'ai couru pour rattraper un bout de papier qui s'était envolé et je ne t'ai pas vue arriver.

— Il devait être drôlement important, ce papier…

— C'est le numéro de téléphone d'une fille…, avoue-t-il en rougissant.

— Ah, je vois, fais-je en essayant de me relever.

Je m'appuie sur ces maudites roulettes, qui me font retomber à genoux et m'arrachent un cri de douleur.

— Attends, accroche-toi à moi, je vais t'aider.

Il passe son bras autour de ma taille pour éviter que je ne reparte en sens inverse.

— Ça va ?

— Bof…, dis-je en avisant mes poignets écorchés et mes genoux qui enflent à vue d'œil.

— Je suis sincèrement désolé, répète-t-il. Tu dois avoir envie de me tuer ?

— Un peu, j'avoue. (Je hausse les épaules.) Au moins, je ne suis pas tombée toute seule. C'est mon premier jour de roller, et je suis une catastrophe sur roulettes.

— Ah, je ne vaux pas mieux que toi. Moi, ce n'est pas mon premier jour en marche à pied et je ne suis même pas capable d'avancer sans faire tomber quelqu'un.

Il m'arrache un rire. Et une grimace quand j'essaie de faire un pas.

— Tu as drôlement mal, on dirait…

— Mes genoux me lancent.

— Tu m'étonnes ! On dirait des pastèques. Enfin, pardon, ce n'est pas ce que je voulais dire, mais ils sont vraiment gonflés. J'ai une idée ! Attends-moi là, je reviens dans deux minutes.

Il me laisse plantée là, comme une idiote. C'est la deuxième fois qu'on me fait le coup en moins de dix minutes… Je suis assise à même le sol, adossée contre un lampadaire. *Heureusement, mon fessier est resté intact*, me dis-je en soupirant. Devant moi, la mer turquoise s'étire à l'infini et s'amuse à faire rouler les galets dans ses vagues. Le soleil donne l'impression de vouloir s'y baigner, s'en rapproche de plus en plus. Je souffle sur mes poignets, comme si cela pouvait apaiser le feu de l'abrasion, et étire mes jambes histoire de faire circuler le sang qui stagne en plein milieu. Ah ça, pour une première fois, je m'en souviendrai, de cette sortie en roller. Une première et une dernière, d'ailleurs. Engins de malheur !

— Voilà, j'ai ce qu'il te faut !

Le jeune homme me tend deux Mister Freeze, couleur turquoise.

— Je me suis dit que ce serait mieux que des glaçons qui t'auraient fondu entre les mains. Et puis, comme ça, tu auras à boire, après. Fais-les glisser sur tes genoux en cercle, ça va contracter tes vaisseaux et dissiper l'hémoglobine.

— OK. Merci… ?

— Paul, je m'appelle Paul.

— Merci, Paul. Moi, c'est Juliette. Tu es médecin ? Tu parles comme un médecin.

— Pas encore. Seulement en troisième année de médecine.

— Wouah ! Ça en jette.

— Et toi, tu fais quoi, à part des sauts périlleux sur la Prom' ?

— Des études de lettres. Première année.

— Pour être prof de français ?

— Peut-être, je ne sais pas encore.

Je place les mains derrière moi pour soutenir mon dos, mais mes poignets endoloris me font renoncer à cette idée.

Paul s'assied par terre, dos à moi.

— Appuie-toi contre moi, ce sera plus confortable.

— Je vois que tu prends ton rôle de médecin très au sérieux.

— Absolument ! Je ne voudrais pas être radié de l'Ordre avant même d'en faire partie.

En sirotant nos Mister Freeze au parfum « tropical », nous nous racontons nos vies, tandis que le soleil plonge dans la mer à l'ouest et que le ciel s'obscurcit à l'est. Il me fait rire, oublier ma douleur. Son rire ressemble à du sable chaud, à une envolée d'oiseaux, à une pluie bienfaisante.

— Tu n'as pas froid ? demande-t-il quand la nuit tombe sur nous.

— Un peu. Je crois que je devrais rentrer chez moi…

— Je vais t'aider. Tu habites loin ?

— Avenue de la Californie. Juste derrière, mais à l'autre bout…

Une fois de plus, il m'entoure de ses bras pour me permettre de me relever. Puis il descend sa main sur ma taille pour me caler contre lui.

— Allez, on y va doucement, un pas après l'autre.

— J'ai l'impression d'être une empotée.

— La plus charmante des empotées, alors…, murmure-t-il.

Le rouge envahit ses joues – et les miennes avec.

Nous avançons à l'allure de deux escargots, jusqu'au premier snack où il m'offre un hot-dog sauce échalote. Sans aucun doute le meilleur que j'aie mangé de ma vie. Puis, il me raccompagne devant chez moi, jusqu'à l'ascenseur. Il m'aide à retirer les engins de torture qui entravent mes pieds pour m'épargner une nouvelle chute.

Je regarde ses mains défaire les attaches. Des mains fines et puissantes à la fois. Et extrêmement douces, comme je le constate quand il frôle mon mollet.

— Je te conseille de rester allongée et de mettre un sac de petits pois surgelés sur tes genoux. Tu en as ? Sinon, je vais t'en chercher.

— J'ai des haricots verts, ça ira ?

— Ça fera l'affaire pour aujourd'hui. Mais pense à avoir toujours un sac de petits pois dans ton congélateur, à l'avenir.

— C'est noté, docteur. Petits pois dans le congélo, lui dis-je en affichant un air très sérieux.

— C'est parfait, me répond-il sur le même ton. Vous laverez et désinfecterez vos mains, sans mettre de pansement, pour laisser vos plaies cicatriser à l'air libre. Et je repasse demain pour m'assurer que vous allez mieux.

— Sérieusement ?

— Évidemment. Je dois absolument surveiller l'évolution de vos blessures. Donnez-moi votre numéro de téléphone, je vous appellerai avant de venir pour être sûr que vous serez à votre domicile.

— Je ne suis pas certaine que ce soit une bonne idée. Les numéros de téléphone sur des bouts de papier, ça ne vous réussit pas, apparemment. Vous risqueriez de faire de nouvelles victimes. Venez chez moi à 15 heures, ce sera parfait.

— Vous avez certainement raison. Quinze heures. Je le note dans ma tête, là où ça ne risque pas de s'envoler.

Il m'aide à me remettre debout. Sans mes échasses roulantes, en chaussettes, je suis bien plus petite que lui.

— Ce ne serait pas très déontologique que je vous fasse la bise pour vous souhaiter bonne nuit, n'est-ce pas ?

— Non, je ne pense pas, effectivement…

Je fais mine de réfléchir en posant mon index sur mon menton.

— D'un autre côté, puisque vous n'avez pas encore prêté serment, je pense que vous en avez le droit.

Il pose sa main sur mon bras et me fait la bise la plus lente et la plus sensuelle du monde. Je regarde ses grands yeux noisette et je sens, je sais, à cet instant, aux battements de mon cœur, que Paul ne sortira plus jamais de ma vie.

5

Quelque part entre Paris et Toulon – septembre 2020

Le train vient de partir et les bâtiments tagués s'effacent peu à peu au profit des champs verdoyants. Sur le bas-côté, des massifs de coquelicots illuminent les cailloux blancs de reflets grenat. Plus loin, des milliers de tournesols nous suivent du regard en formant une haie d'honneur extraordinaire. Dans le ciel, un chien vaporeux semble courir après un oiseau nimbé de soleil. Aucun tableau ne saurait reproduire la beauté des merveilles qui m'entourent. Des larmes s'invitent au creux de mes yeux. Même si ma raison tente de me rassurer et de faire passer cette voyante pour une folle, une petite voix nichée au fond de mon cœur me souffle que cette femme a dit la vérité et que ma vie est réellement en danger. Imaginer que ce spectacle s'offre peut-être à moi pour la dernière fois me remplit d'effroi. Supposer que je ne voyagerai jamais dans les pays notés sur ma liste « à visiter avant de mourir », que je n'aurai plus la joie d'entendre mes clients me remercier de leur avoir conseillé ces livres providentiels, que je ne lécherai plus sur mes doigts les restes de la tarte au citron meringuée préparée par ma mère à chaque anniversaire, que je ne sentirai plus le parfum à la violette que portait mamie Denise et que je ne glisserai plus jamais mes mains dans les cheveux de Paul, me plonge dans un abysse de terreur vertigineux.

Je sens mon cœur s'emballer et des perles de sueur consteller mon front. J'inspire profondément à plusieurs reprises pour chasser mon vertige, essuie mes larmes d'un revers de main. Non. Tout cela n'arrivera pas. Tant qu'il me restera un souffle de vie, je me battrai pour la préserver. Pour moi, pour mes parents, mais surtout pour Paul.

En rentrant du parc, j'ai trouvé un message sur mon répondeur. Il me disait que je lui manquais et qu'il m'aimait. Je soupire, frustrée de n'avoir même pas pu l'entendre au téléphone. Ça arrive trop fréquemment ces derniers temps.

À mon tour, je lui ai laissé un message. Je ne voulais pas l'inquiéter avec cette histoire tant que je n'en saurais pas plus. Je lui ai expliqué que j'avais besoin de voir mon grand-père, que je descendais dans le Sud quelques jours, puisqu'il n'était pas là, et qu'on se reverrait à son retour. L'a-t-il écouté, à présent ?

Sa voix me manque. Ses bras me manquent. Depuis combien de temps ne me suis-je pas blottie contre son torse, comme j'aimais tant le faire ? Quand ai-je pris l'habitude de ne compter que sur moi ?

La question effleure mes pensées, mêlée à une autre, bien plus effrayante encore.

Et si je ne le revoyais pas avant de mourir ?

Je secoue la tête, déterminée à ne pas me laisser aller à des interrogations aussi morbides. Je tente de calmer ma respiration, comme mon grand-père paternel me l'a appris quand j'étais petite. Il me répétait que, si je voulais réussir à voir les poissons sous l'eau, je devais ralentir mon souffle pour ne pas leur faire peur. Il m'enseignait comment étirer mes inspirations, et encore plus mes expirations, avant de me laisser plonger ma tête sous l'eau, à l'abri de mon masque. Je découvrais alors, entre les rochers, de minuscules poissons que pépé Jules appelait « la friture » et, parfois, quelques girelles, et même des rougets.

Je tendais la main vers eux, comme pour les caresser, tout doucement. Certains s'approchaient à quelques centimètres, d'autres fuyaient sans demander leur reste. C'était un spectacle que la couleur du ciel, les courants marins et les humeurs de Dame Nature s'amusaient à renouveler sans cesse. Je pouvais rester là pendant des heures, respirant à travers mon tuba, jusqu'à ce que mon grand-père me rappelle que ma grand-mère nous attendait pour le repas. Je sortais de l'eau à regret, en sentant immédiatement la brûlure du soleil sur mon dos et mes fesses. Quand j'étais sous l'eau, je me sentais flotter, libre. Plus vivante que jamais.

Mon train arrive enfin à destination. Toulon. Une gare que je connais par cœur. J'y débarquais tous les premiers samedis de juillet dans mes jeunes années. Plus tard, même à l'âge où mes amies préféraient partir entre elles en camps ados, je continuais à venir ici, mon petit coin de paradis. Dès que je descendais du train, je repérais mon grand-père qui agitait son bras dans ma direction, et j'accourais vers lui en tirant ma valise derrière moi.

Aujourd'hui encore, il est là. Il a reçu le texto que je lui ai envoyé et m'attend, fidèle au gentil pépé qu'il a toujours été. Je me retiens de courir et de me jeter dans ses bras. Cela fait des années que nous ne nous sommes plus revus. La faute à la distance, au temps qui passe trop vite, aux priorités que je me suis fixées et qui n'en sont pas forcément.

— Juliette !

Jules me serre dans ses grands bras ; l'émotion m'envahit. Mon pépé…

— Tu es magnifique, ma nine.

Dans son regard, l'émotion est palpable, si forte qu'elle lui met les larmes aux yeux. Lui, toujours si souriant, me dévisage d'un air grave, empreint d'une tendresse infinie.

— Tu m'as manqué…, lui dis-je, la gorge serrée.

— Toi aussi, tu nous as manqué. C'est mémé qui va en faire une tête en te voyant. Je lui ai dit que tu allais passer nous voir, mais je me suis bien gardé de lui dire que ce serait aujourd'hui.

— Elle va faire une attaque !

— Oh non, peuchère, elle est indestructible, la Jeanne. Te fais pas de bile, va.

Il me fait monter dans sa voiture, une vieille Méhari qui roule encore, malgré son âge canonique. Il faut dire que Jules la bichonne, sa « Titine ». Elle est toujours aussi bruyante et inconfortable, mais elle m'embarque instantanément dans une atmosphère de vacances bohèmes. Nous roulons une vingtaine de minutes puis, au détour d'un virage, je le sens enfin, cet air iodé dans lequel se mélangent le parfum de la garrigue et de la lavande. Il semble me souhaiter la bienvenue. Nous passons devant la plage des Pins, encore bien fréquentée en cette fin de journée, et poursuivons notre route jusqu'au chemin des Canniers. Quand il se gare devant leur maison, sobrement baptisée « Mon coin de Paradis », je me retrouve projetée dans mon passé, au beau milieu de mes meilleurs souvenirs d'enfance.

— Jeanne ! Viens, ma douce. Il y a quelqu'un qui demande à te voir ! crie Jules depuis le jardin, en direction de la maison.

Par la fenêtre de la cuisine entrouverte, j'entends sa réponse :

— Jules ! Je ne suis pas visible, enfin...

Elle passe la tête par l'entrebâillement, et ses yeux s'arrondissent.

— Boudiou[1] ! Ma nine ! Mais qu'est-ce que vous fichez là, en bas, comme des malheureux ? Montez vite !

Ma mémé Jeanne me serre contre elle et claque deux bises sur mes joues, comme avant. Plus fort encore, peut-être.

— Oh, ma nine, je suis toute chamboulée de te voir.

---

1. Bon Dieu !

— Moi aussi, je suis heureuse de vous retrouver.

— Je ne pensais pas que tu serais là si tôt, répond-elle en passant rapidement son index sous ses yeux.

Ma mémé est toujours aussi sensible. D'ailleurs, pépé dit souvent que ses larmes sont comme le jus d'une orange, toujours prêtes à couler.

— Tu as faim, dis ? Parce que je n'ai pas grand-chose, peuchère. Et toi, cachottier, tu aurais dû me prévenir qu'elle serait là aujourd'hui. Tu es le pire des pires, ma parole, conclut-elle tout en déposant sur la table une quantité inimaginable de plats : une terrine, une salade composée, des poivrons farcis, une anchoïade et une demi-pissaladière.

Heureusement qu'elle n'avait rien préparé… Je mange pour lui faire plaisir, même si je n'ai pas vraiment faim. Tout en les écoutant se chamailler avec tendresse dans leur langage fleuri, je ne peux m'empêcher de penser que, demain, je n'aurai plus que treize jours pour éviter la mort. Treize jours seulement pour profiter de tout ce que la vie a à m'offrir. Toutes ces choses que j'aurais dû faire avant de ne plus pouvoir… Comme passer du temps avec mes grands-parents, entourée de leur bonne humeur contagieuse.

Au moment où je pars me coucher dans la petite chambre rose, ma grand-mère me demande, du bout des lèvres, ce qui s'est passé. Je n'ai pas le courage de lui expliquer la terrible menace qui pèse sur moi. Jules m'adresse un regard complice.

— On parlera demain. T'en fais pas, va. Dors bien, Juliette.

Je suppose que ma contrariété ne lui a pas échappé. Il a toujours su lire en moi comme dans un livre ouvert…

*

— Tu viens avec moi, ma nine ? me demande Jules, une fois que j'ai avalé ma tasse de thé.

Je lui souris. Rien n'a changé, ici.

La lumière si particulière de la région, à la fois chaude et enveloppante, nous cueille dès que nous sortons de la maison. Nous descendons le chemin qui débouche sur la petite plage des Pins cernée, comme son nom l'indique, par des pins parasols centenaires. Nous retirons nos chaussures pour marcher dans le sable gravillonné encore frais sous nos pieds. Là-bas, des mouettes laissent des empreintes humides avant de s'envoler à tire-d'aile. Le clapotis des vagues ressemble à une douce mélopée qui m'apaise instantanément.

Jules se penche en avant, plisse les yeux.

— Vé, comme il est beau, celui-ci !

Il ramasse un galet tout blanc, à l'arrondi parfait, et le dépose dans son épuisette. J'en trouve un autre, presque noir, qu'il valide aussitôt. Des années d'expérience, ça ne s'oublie pas. Quand la récolte lui semble suffisante, nous nous asseyons sur le ponton ombragé.

— Allez, raconte…

Poser des mots sur ce qui m'arrive me paraît toujours aussi absurde, mais, cette fois, je m'exécute sans rougir. Quoi qu'il advienne, je sais que pépé Jules ne me jugera pas. Il a toujours été là pour moi. Pourquoi l'avais-je oublié, toutes ces années ? Sa seule présence me fait un bien fou, comblant un manque dont je n'avais pas conscience.

Alors je lui relate ma rencontre avec cette fameuse voyante, partageant avec lui ma surprise, puis ma colère, et à présent ma crainte d'échouer. Pépé m'écoute en hochant la tête, sans m'interrompre. Dans son regard, je lis une émotion vivace, insondable. Pas du tout la surprise à laquelle je m'attendais.

— Alors, tu crois que je deviens fadade[1] ?

1. Folle.

— Pas du tout, ma nine. Tu n'as jamais été fadade, c'est pas aujourd'hui que tu vas commencer.

— Tu penses que la voyante dit vrai ?

— Elle t'a bien dit que tu étais une messagère ?

— C'est ça. Tu en as déjà entendu parler ?

— Il y a des genres de messagers dans toutes les religions. Des êtres très sensibles qui guident les malheureux.

— Mais pourquoi moi ? Pourquoi maintenant ? Je veux dire… Je ne suis pas prête à mourir.

Ma gorge se serre violemment à ces mots ; les larmes me montent aux yeux. Quelque chose, au fond de moi, réagit à cette idée, se débat dans les ténèbres, profondément enfoui. La main de mon grand-père se pose sur mon bras, tout doucement.

— On t'offre une chance unique, ma nine. Tu peux encore te sauver.

Sa voix est grave ; son regard, profond. Il ne semble pas inquiet, pas seulement. Plutôt… affecté ? Croit-il au fond de lui que je ne serai pas capable de remplir ma mission ?

— Je ne sais même pas par où commencer.

— Tu pourrais prier…

— Oh, ne commence pas avec ça. Tu sais très bien que j'ai arrêté de croire à tout ça il y a longtemps.

— Je sais, Juliette, je sais, répète-t-il en soupirant. Je ne vais pas m'escagasser à te convaincre, c'est à toi de faire ce chemin, ajoute-t-il en se relevant. Je dois aller faire des courses avant le déjeuner. Tu m'accompagnes ?

— Je préfère rester là, pépé. Ça fait tellement longtemps que je n'avais pas vu la mer, j'aimerais en profiter encore un peu.

— Fais donc, profite. C'est pas à Paris que tu pourras avoir une vue comme ça !

Il pose une main sur mon épaule et s'éloigne avec son épuisette emplie de trésors.

Je reste seule face à la mer, le cœur serré d'une angoisse sourde. Devrais-je me rendre au Secours populaire ? Errer dans les quartiers défavorisés, à la recherche d'une âme à secourir ? Écumer les hôpitaux, les lieux de drame ?

J'aurais le sentiment d'être un vautour. Me nourrir de leurs vies brisées pour sauver la mienne. Et en même temps… Si cela les aide réellement, quelle importance ?

Peut-être qu'après tout, c'est la meilleure façon d'occuper mes derniers jours sur Terre. Aider quelqu'un, l'aider vraiment, par pur altruisme. Lui donner ce que je ne serai bientôt plus capable d'avoir. Peut-être que ce qu'on m'offre, c'est la possibilité de trouver un sens à ma vie. Qu'ai-je fait, jusqu'à présent, qui compte vraiment ?

J'aime mon métier passionnément. Je le fais de mon mieux, et je l'ai toujours fait, sans jamais rechigner. Mais la seule chose dont je sois fière, celle que je ne regrette pas une seule seconde, c'est d'avoir partagé ma vie avec Paul. Avec lui, je n'ai pas eu peur de vieillir. Je suis parvenue à aller de l'avant, même quand la vie nous assénait des coups durs. Il a toujours été là, comme j'ai toujours été là pour lui.

Mais alors…, me souffle une petite voix désemparée. *Pourquoi n'est-il pas là, maintenant, au seul moment où ça compte vraiment ?*

Mon téléphone vibre dans ma poche, me tirant de mes réflexions, et les premières notes de *Talking to the Moon*[1] s'envolent sur la plage. Numéro inconnu. J'hésite un instant avant de décrocher.

— Est-ce que quelqu'un m'entend ? s'écrie une voix féminine.

---

1. *Talking to the Moon*, chanson de Bruno Mars.

6

J-13

Le ton de la jeune femme me fait froid dans le dos.

— Je vous entends. Qui est à l'appareil ?

— Je ne sais plus quoi faire… La voir souffrir sans pouvoir la soulager, c'est trop difficile.

Une décharge d'adrénaline envahit mon corps quand je comprends, incrédule, ce qui est en train de se passer. « *Si vous cherchez à aider les autres, de tout votre cœur, ils le sentiront. Ce sont eux qui viendront à vous* », avait dit le prêtre.

Je prends une voix aussi douce que possible :

— Comment vous appelez-vous ?

La femme marque une pause, puis répond d'une toute petite voix :

— Ninon.

Vais-je être capable de lui apporter mon soutien ?

— Très bien, Ninon. Je suis là, vous n'êtes pas toute seule. Si vous commenciez par tout me raconter depuis le début ?

Elle soupire, semble retenir un sanglot. Puis elle raconte :

— Ma grand-mère, Rose, a cent trois ans. Elle a un cancer de la vessie, une embolie pulmonaire et elle respire grâce à une machine. Les docteurs ne peuvent plus rien faire pour elle.

Elle est en soins palliatifs depuis deux mois. On lui donne des médicaments pour qu'elle ne souffre pas, ce qui fait qu'elle est constamment dans les vapes. Le plan des médecins est d'attendre que son cœur s'arrête de lui-même. Sauf qu'il ne s'arrête pas. Nous sommes donc condamnés à espérer son décès, comme des putains de vautours, en attendant qu'elle trépasse. Génial, non ?

Des vautours. L'expression fait tellement écho à mes propres pensées que c'en est troublant. Je prends une grande inspiration, autant pour la calmer que pour mettre de l'ordre dans mes pensées. Qu'est-on censé dire, dans ces cas-là ?

— C'est une situation délicate.

— C'est ce qu'on me répète à chaque fois. Le problème, c'est que moi, je passe mes journées à côté d'elle. Je la vois se tordre de douleur quand sa perfusion de cortisone est vide, je vois son regard qui s'affole, je sens sa peur. C'est insupportable. Et les docteurs ne veulent rien faire pour l'aider à partir.

— Vous disiez que vous sentiez sa peur. Peur de quoi, à votre avis ?

— Je ne sais pas. Sans doute la peur de mourir… Moi aussi, ça me filerait les jetons, à sa place. Ou peut-être qu'elle a juste peur de souffrir encore davantage. Peut-être qu'elle voudrait juste en finir.

— Vous lui avez demandé ce qu'elle ressentait ?

— Elle ne parle presque plus. Parfois, elle sort un mot qui n'a aucun sens mais, quand je lui demande des précisions, elle est déjà ailleurs.

Je pense à ma grand-mère, ma mamie Jeanne adorée, si pleine de vie. J'ai peine à l'imaginer clouée sur un lit d'hôpital, à peine consciente, pendant des mois entiers. Pauvre Ninon.

— Je crois que son cerveau s'est déjà fait la malle, avoue cette dernière, dépitée. La plupart du temps, quand elle se réveille, elle regarde dans ma direction, mais je sens qu'elle ne me voit pas. Et, à d'autres moments, elle s'écrie : « Ninon, tu dois le trouver, vite ! », puis elle repart dans les vapes.

— Vous savez de qui elle parle ?

— Pas du tout. Ça me fout une de ces angoisses ! Le pire, c'est que tout le monde s'en fout. Le service des soins palliatifs est rempli de vieux qui attendent la fin, alors les médecins s'en fichent complètement des supposés états d'âme de ma grand-mère. Mes parents me disent que je me fais des idées, que mamie ne souffre pas. Mais ils ont tort. C'est elle qui m'a élevée ou presque. J'ai passé une grande partie de mon enfance chez elle et, maintenant que je suis adulte, je vais la voir tous les samedis. Croyez-moi si je vous dis qu'elle va mal.

Malgré son ton affirmatif, il y a comme une question, une plainte, dans la façon dont elle laisse traîner la fin de sa phrase. Alors, parce que je ne sais pas quoi faire d'autre, je réponds lentement :

— Je vous crois, Ninon.

Il y a un court silence, au bout du fil. Puis :

— Je ne veux plus la regarder souffrir sans rien faire ! C'est inhumain.

Sa voix se casse, et ses sanglots résonnent dans mon téléphone.

— Ninon ? Ninon, écoutez-moi. Je comprends votre détresse. Mais vous n'êtes pas seule, je suis là, maintenant, à vos côtés. Et je vais vous aider.

— Comment ?

— Je… Je dois y réfléchir. Mais nous allons trouver un moyen, j'en suis sûre.

— Pourquoi faites-vous cela pour moi ? demande-t-elle d'une toute petite voix.

Parce que je vais mourir si je ne vous aide pas. Parce que je veux faire quelque chose de bien avant de partir. Parce que vous voir souffrir me fait souffrir à mon tour.

Autant de réponses que je ne peux pas partager avec elle. Au lieu de ça, je l'interroge :

— Pourquoi m'avez-vous appelée ?

— Vous êtes mon dernier espoir.

— Ça ne répond pas à la question, dis-je doucement.

— Je… Je ne sais pas. J'étais désespérée, j'ai appelé à l'aide, et c'est vous qui avez répondu.

Une pause.

— Vous allez pouvoir m'aider ?

Que répondre à cela ? Que je n'ai pas la moindre idée de ce que je dois faire ? Que je n'ai jamais été confrontée à la fin de vie, que je…

Et soudain, l'évidence me frappe.

Bien sûr que j'ai déjà été confrontée à la fin de vie.

Et pas n'importe laquelle : la mienne.

Comme Rose, je suis toute proche de la fin de mon parcours. Cela m'aidera-t-il à la sauver pour autant ?

Troublée, je balbutie un peu avant de répondre :

— Écoutez, Ninon. Je ne peux rien vous promettre, sinon que je vais tout faire pour vous aider. Laissez-moi quelques jours pour y réfléchir, je… Je suis sûre que je vais trouver une solution.

Si seulement c'était vrai.

— Ninon ? Je ne vous entends plus. Vous êtes toujours là ?

— Oui, je suis à côté de Rose. Elle se réveille. Je… Comment dois-je vous appeler ?

— Juliette. Appelez-moi Juliette. À bientôt, Ninon.

Elle raccroche, et je reste un moment immobile, les yeux fixés sur mon portable éteint. Voilà, nous y sommes. Je connais mon premier défi. Un défi insoluble et qui, pourtant, va décider de ma vie ou de ma mort.

Je me lève et jette un galet dans la mer, le plus loin possible, comme s'il pouvait emporter avec lui la peur d'échouer qui me tenaille. Je me sens tellement seule soudain, tellement impuissante, comme la petite fille que j'étais quand je venais en vacances ici, il n'y a pas si longtemps.

Soudain, les vers d'un poème me reviennent en mémoire :

> « *Ce que les morts laissent aux vivants, c'est certes un chagrin inconsolable, mais aussi un surcroît de devoir vivre, d'accomplir la part de vie dont les morts ont dû apparemment se séparer, mais qui reste intacte*[1]. »

Je me rappelle avoir lu ces vers dans le recueil de poésie intitulé *L'éternité n'est pas de trop*. Je le conseillais souvent à mes clients qui venaient de perdre un être cher.

Le visage de ma mamie Denise s'impose à moi. Elle n'est plus de ce monde, mais j'aime croire qu'en le quittant elle m'a transmis sa part de vie et sa vitalité dont je dois me montrer digne, jusqu'à la fin. Quelle qu'elle soit.

---

1. Poème de François Cheng.

7

Nice – Noël 2007

— Tu es sûr que ça ne te dérange pas ?

En guise de réponse, Paul monte à l'arrière de la voiture et attend que je le rejoigne. Mon père enclenche le contact, et ma mère se demande si elle a bien fermé la porte d'entrée.

C'est la première fois que Paul passe les fêtes de Noël dans ma famille. Jusqu'à présent, j'avais tenu à rester discrète sur notre relation. Comme Paul et moi avons prévu d'emménager ensemble à Paris, ça devient difficile de cacher sa présence. Noël, c'est une bonne occasion pour qu'ils fassent enfin la connaissance de l'homme qui partage ma vie depuis cinq ans.

Nous avons eu des hauts et des bas, tous les deux. Il voulait connaître ma famille ; je craignais que mes parents le fassent fuir, avec leurs questions étouffantes et leur humour douteux. Il m'accusait de ne pas lui faire confiance, je lui reprochais de ne pas se contenter de notre bonheur présent, comme si ça n'était pas assez.

Il y a eu des larmes, mais aussi des fous rires, des discussions à cœur ouvert jusqu'à nous endormir d'épuisement, désolés de nous être faits souffrir, soulagés d'être toujours côte à côte, plus unis que jamais. Nous nous sommes construits ensemble, et nous partageons les mêmes espoirs, les mêmes rêves dans cette vie qui se profile devant nous.

Il n'y a plus qu'à espérer qu'il le veuille encore après cette rencontre.

Je craignais que mon père ne nous demande « Alors, c'est pour quand le mariage ? » pour le simple plaisir de nous mettre dans l'embarras. Eh bien, j'avais vu juste. Tout se passe exactement comme je l'avais imaginé et fort heureusement décrit à Paul pour lui laisser le temps d'anticiper. Pourtant, dans le feu de l'action, il ne semble pas mal à l'aise. Il rit des blagues maternelles de bon cœur, paraît-il, il avale le panettone par petites bouchées en vantant les talents de cuisinière de ma mère et répond « Dès que Juliette sera prête » à la question de mon père. Tout se passe à merveille, jusqu'à ce que mon père propose à Paul d'aller chasser le lendemain. Celui-ci refuse immédiatement en lui rétorquant qu'il est contre la chasse, se lançant dans une de ces diatribes virulentes dont il a le secret. J'ai beau lui faire les gros yeux pour l'arrêter, il ne peut pas s'empêcher de continuer. Mon père se renfrogne et ne prononce plus un mot. Ce que je redoutais le plus est advenu.

À la fin du déjeuner, maman nous sert un café et me demande si je veux rendre visite à ma grand-mère, comme nous le faisons à chaque Noël. Depuis deux ans, nous n'allons plus chez elle mais dans la maison médicalisée où elle a été admise. J'avoue que je ne m'y rends pas très souvent en dehors des occasions spéciales, c'est trop douloureux pour moi. Et sans doute un peu lâche aussi… La voir ainsi diminuée, elle qui a été si pleine de vie, me brise le cœur à chaque fois. Je n'ose même pas imaginer ce qu'elle doit ressentir. À sa place, je ne suis pas sûre que j'aurais envie de continuer à vivre… Mais peut-être que la mort lui fait plus peur encore.

Mal à l'aise, je m'agite sur ma chaise en jetant un coup d'œil nerveux à Paul.

— On ne pourrait pas y aller demain, maman ? Aujourd'hui, Paul est là et…

— Je pourrais vous accompagner. Enfin, si ça ne vous dérange pas.

— Pas du tout, Paul, lui répond ma mère. Comme ça, tu auras fait le tour de toute la famille en une journée.

— Mais maman ! Paul n'a sûrement pas envie d'aller là-bas. Tu sais comment c'est…

— Juliette, je sais exactement à quoi m'attendre. J'ai déjà fait plusieurs stages en gériatrie, tu sais. Ça ne m'effraie pas le moins du monde. Et puis, c'est Noël ! On ne va pas la laisser toute seule aujourd'hui, quand même.

Je ne lui réponds pas qu'aujourd'hui, demain ou dans six mois, ça ne fera pas une grande différence pour elle – et qu'il ne s'agit pas ici d'une de ses patientes anonymes, mais de ma grand-mère, que j'ai aimée si fort. Je surprends pourtant le regard de mes parents, si sceptique tout à l'heure, qui s'adoucit, imprégné d'une forme de respect. La tension palpable s'effiloche peu à peu, laissant place à un silence confortable. Alors je rends les armes, consciente que c'est peut-être une occasion de rattraper la journée.

Lorsque nous arrivons aux Bleuets, maman salue la réceptionniste qu'elle semble bien connaître. Nous montons les escaliers alors que j'aimerais les descendre. Paul serre ma main un peu plus fort. Je l'ai briefé sur tout, sauf sur ma grand-mère.

La porte de sa chambre s'ouvre et laisse s'échapper un parfum âcre, mélange de médicaments, de désinfectants et de vieillesse.

— Maman ! On est là ! s'écrie ma mère avec entrain.

Denise reste assise, le regard dans ses pensées, sans lui accorder d'attention. Celle-ci colle un bisou sur sa joue et lui caresse le bras. Denise relève la tête, le visage inexpressif.

— J'ai soif, mademoiselle.

— Maman, c'est moi, Françoise. Ta fille. Et celle qui t'apporte un verre d'eau, c'est Juliette, ta petite-fille. Tu nous reconnais ?

— Non. Je ne vous ai jamais vues. Allumez la télé, c'est l'heure de mon programme.

— Maman, je te présente Paul, le petit ami de Juliette.

— Bonjour, madame. Et joyeux Noël !

— Quoi ? C'est Noël ? répond Denise. Maman ? Où est mon joujou, demande-t-elle en larmoyant, d'une voix de petite fille. Maman ? Où es-tu ?

Elle se met à sangloter, tandis que je m'approche de Paul.

— J'ai oublié de te prévenir, désolée. Noël est le mot tabou avec elle. Il la fait replonger immédiatement dans ses souvenirs d'enfance.

Paul remarque une poupée en porcelaine de grande taille allongée sur le lit.

— La voilà, ta poupée, ma chérie, lui dit-il en la déposant dans les bras de ma grand-mère.

Elle se calme immédiatement et se balance d'avant en arrière, comme pour bercer la poupée.

— Merci, papa, lui souffle-t-elle.

Maman regarde Paul avec reconnaissance et un sourire triste.

Nous lui racontons des bribes de nos vies, mais elle ne nous écoute pas. Quand je lui offre des pâtes de fruits, sa friandise préférée, elle jette la boîte au sol en criant :

— Vous êtes qui, vous ? De quel droit vous me volez mes pâtes de fruits ?

Je me retourne vers la fenêtre pour cacher mes larmes.

— Papa ? Tu es là ? demande-t-elle.

— Oui, répond Paul avec douceur.

— J'ai fait dans ma couche, papa.

Nous appelons les infirmières. Avant de sortir de la chambre, nous lui disons au revoir, mais elle ne nous entend pas, trop occupée à engloutir ses friandises.

Dans la voiture, maman pleure en silence. J'explique à Paul que Denise était agrégée de lettres classiques et maître de conférences à l'université pendant quarante ans. C'était la personne la plus érudite et la plus fine que je connaissais.

— À quoi ça lui sert aujourd'hui ? s'interroge maman. Ça ne l'a pas empêchée de finir comme ça... La voir dépérir ainsi, c'est insupportable. Promets-moi une chose, Juliette. Si je devais perdre mes moyens et devenir impotente ou complètement sénile, promets-moi de me faire euthanasier. Je te signerai tous les papiers qu'il faut, mais ne me laisse pas terminer ma vie dans cet état. Jure-le-moi.

Je me contente de soupirer. Comment ne peut-elle se douter de la violence de ses mots sur moi ?

— L'euthanasie n'est pas encore autorisée en France, quelles que soient vos volontés, intervient Paul, venant à mon secours. Mais je vous comprends, Françoise. Moi non plus, je ne supporterais pas de tomber dans cette dépendance et de devenir un fardeau pour mes proches. Les laisser attendre de me voir mourir... C'est affreux.

— Je ne devrais pas dire ça, Paul, mais j'avoue que, certains jours, je préférerais qu'elle soit partie pour de bon, plutôt qu'à moitié...

8

J-13

Les deux années qui ont suivi, nous avons assisté, impuissants, à sa déchéance inéluctable, partagés entre la satisfaction de la savoir toujours parmi nous, la peur de la voir partir et la tristesse que son état nous inspirait.

Un jour, elle nous a quittés, sans que j'aie pu lui dire que je l'aimais. Depuis, je fais très souvent le même rêve dans lequel je vais la voir et je lui fais écouter la chanson *La Mer* de Charles Trenet, qu'elle m'avait aidée à apprendre par cœur quand j'étais petite. Au début, elle n'a aucune réaction. Puis elle dodeline de la tête et finit par fredonner «*La mer, les a bercés, le long des golfes clairs, et d'une chanson d'amour, la mer, a bercé mon cœur pour la viiiie*». Je chante avec elle et elle me sourit. Je lui serre la main et je lui dis:

— Je t'aime, mamie Denise.

— Moi aussi, Juliette. Mais je suis si fatiguée…

— Je sais, mamie. Tu as le droit de te reposer, à présent.

— Merci, Juliette. On se retrouvera…

Un rêve dont je me réveille systématiquement en pleurs et qui me rappelle douloureusement à quel point j'ai été lâche de ne pas aller la voir plus souvent alors que je l'aimais tant…

Ces souvenirs qui me hantent encore, remontent aujourd'hui à la surface après ma conversation avec Ninon.

Et si Rose voulait seulement mourir ? murmure la petite voix du fond de mes pensées. *Et si elle refusait d'être un fardeau pour ses proches, elle aussi ? Si elle n'en pouvait plus de souffrir ?*

Est-ce la raison pour laquelle Ninon m'a trouvée ? Pour que je puisse lui expliquer ce que j'ai appris auprès de ma grand-mère et pour l'aider à comprendre ses émotions ?

Je remonte le chemin de la plage et décide de l'appeler.

— Ninon, j'ai repensé à ce que vous m'avez dit et j'ai compris votre grand-mère. Je crois qu'elle cherche désespérément à quitter cette vie car elle ne supporte plus d'être un fardeau pour vous, pour tout le monde. Elle sait que vous espérez toujours qu'elle se rétablisse, mais elle ne veut pas guérir, Ninon. Elle vous demande simplement de la laisser partir, de la libérer, d'une certaine façon, de son carcan qui l'étouffe. Vous comprenez ?

— Vous voulez dire que je retiens ma grand-mère prisonnière, c'est ça ? Que c'est à cause de moi qu'elle souffre autant ? C'est horrible ! Vous vous trompez, Juliette. Je connais ma grand-mère et je sais que ce n'est pas ce qu'elle ressent. Je sais qu'il y a une autre raison qui la maintient en vie, mais je n'arrive pas à la connaître. C'est pour ça que j'ai fait appel à vous ! Pas pour que vous me culpabilisiez davantage !

Ninon raccroche sans que j'aie pu lui répondre.

Je m'assieds sur un banc, les jambes tremblantes. Qu'ai-je fait ? Je croyais pouvoir me servir de mon expérience pour aider Ninon… Et tout ce que j'ai réussi, c'est la vexer et la culpabiliser, sans le vouloir.

Cette première tentative renforce mes doutes sur ma capacité à être une messagère. Comment pourrai-je aider Ninon si je ne peux pas me fier à mon instinct ?

Peut-être que c'est parce que ce n'est pas ton instinct que tu as écouté, mais ton ego qui t'a fait croire que tu savais mieux que Ninon ce que ressentait sa propre grand-mère… ou tes regrets de n'avoir pas pu aimer la tienne comme elle le méritait.

Au bout d'un moment, je me relève, dépitée, et pousse le portillon du jardin. Mon grand-père est agenouillé par terre, sous le figuier. Je l'observe disposer ses galets les uns à côté des autres, en retirer un, en choisir un autre, le placer avec délicatesse et sourire quand le résultat lui convient. Dès qu'il m'aperçoit, il comprend que quelque chose ne va pas. Il ne dit rien, pourtant ; il montre ses galets du doigt.

— Essaie de deviner.

Je lis le message des galets disposés pour former des lettres sur une dalle de ciment.

— « Tu es la… » Hum. Je ne sais pas. Tu es la plus belle tête de mule du monde ?

— Ha ha ! Je pourrais écrire ça, t'as raison, mais son sens de l'humour s'est fait la malle et elle risque de m'escagasser ! Essaie encore, tu n'étais pas si loin.

— Tu es la plus belle fleur de ce jardin ? tenté-je.

— Pas mal, mais raté. « Tu es la lumière de ma vie. »

— Oh, pépé ! C'est si mignon ! Elle va adorer.

— Tu parles ! Elle va encore m'enguirlander de défigurer son jardin avec mes plaques de ciment.

Je ris, certaine que ma grand-mère, sous ses airs de mégère, se laissera attendrir une fois encore. Cela fait des années que ce petit manège dure entre eux. Pépé Jules ramasse les plus beaux galets sur la plage et, pendant que mémé a le dos tourné, il les utilise pour lui écrire des mots d'amour qu'il dessine dans le jardin, au détour d'un bosquet, sous le banc ou derrière le figuier. Il y en a plus d'une trentaine, cachés çà et là, témoins de la poésie et de l'amour de mon grand-père. « Aucune fleur ne saura éclipser ta beauté », « Tes yeux sont le feu qui m'anime », « Merci d'émerveiller mes jours », « Aujourd'hui n'est que l'ombre de demain ».

— Pourquoi ne réunis-tu pas toutes tes déclarations dans un recueil ?

— Le papier s'envole et s'effrite, ma nine. La pierre n'oubliera pas.

— Tu as raison, dis-je en caressant le petit galet rose en forme d'étoile qu'il a monté sur un bracelet et m'a offert pour mes dix ans.

Je lui raconte mon entretien avec Ninon et mes regrets de l'avoir blessée.

— C'est complètement normal, ma nine, tu débutes dans ce nouveau rôle. Tu te raccroches à ta logique, à ta propre expérience. Tu comprendras que la logique n'est pas toujours la meilleure conseillère. Parfois, pour aider les autres, il faut savoir oublier ses propres craintes, les écouter sans jugement et sans chercher à calquer une solution que tu as déjà expérimentée. Tu comprends ?

— Oui... J'espérais tellement bien faire que je me suis précipitée sur la première idée venue sans chercher à savoir si elle était pertinente. Je me rends compte que j'ai vraiment manqué d'écoute et d'empathie avec elle. Je n'ai pas été à la hauteur.

— Ce n'est pas grave, tu peux encore rattraper le coup, va !

— J'espère. Je vais l'appeler pour m'excuser.

Je fais quelques pas en direction de la tonnelle. Les aiguilles de pin crissent sous mes pieds et la chaleur exhale les parfums des buissons de lavande et de la terre sablonneuse. Je me demande pourquoi je ne viens pas ici plus souvent. Je me suis toujours sentie bien dans cette maison, dans cette région.

Quand je la rappelle, un peu plus tard, pour lui présenter mes excuses, Ninon s'est calmée et les accepte volontiers. J'hésite une seconde, effrayée à l'idée de me tromper encore, mais je finis par ajouter :

— Tout ça m'a fait beaucoup réfléchir. Vous m'avez parlé d'une raison qui maintient Rose en vie. J'ai eu une idée, mais elle va peut-être vous sembler un peu spéciale…

9

J-12

Rose est hospitalisée à Marseille, à moins d'une heure de chez mes grands-parents, mais, avec la Méhari de Jules, j'ai l'impression d'avoir roulé six heures. Ma tête bourdonne, et ma coiffure n'est plus qu'un lointain souvenir. Une jeune femme blonde d'une vingtaine d'années attend sur un banc en se rongeant les doigts. Je m'approche.

— Ninon ? Je suis Juliette.

— Oh, Juliette, vous êtes là ! Merci. Vous ne pouvez pas savoir ce que cela représente pour moi.

Je me mords les joues pour ne pas lui livrer le fond de ma pensée. L'idée de venir ici me paraissait excellente hier mais, maintenant que je me retrouve face à Ninon, je n'en suis plus si sûre. Comment pourrai-je aider sa grand-mère, alors que je n'ai pas su le faire avec la mienne ? Qui suis-je pour croire que je la comprends vraiment ?

Inconsciente de mon trouble, Ninon me fait signe de m'asseoir près d'elle. Alors, du bout des lèvres d'abord, puis de plus en plus assurée, elle commence à me parler de sa grand-mère.

— Mamily Rose. C'est comme cela qu'elle voulait que je l'appelle. Elle trouvait que « mamie » ou « mémé » ne lui allait pas.

Elle a toujours été extrêmement coquette. Jusqu'à ce qu'elle soit hospitalisée, je l'ai toujours vue avec du fard sur ses joues et du brillant sur ses lèvres. Elle portait d'élégants châles sur lesquels elle fixait une broche ou un camée. C'est elle qui m'a appris à associer les couleurs de mes vêtements, à couper les pointes de mes cheveux à la pleine lune et à me passer un coton imbibé d'eau et de jus de citron pour clarifier mon teint. Ma mère est directrice d'une entreprise d'import-export et mon père principal d'un collège. Ils étaient très pris par leur métier, et ils ont demandé à Mamily de s'occuper de moi, de temps en temps. En réalité, je passais plus de temps chez elle que chez moi. Et cela me convenait très bien ! J'adorais aller avec elle dans le grenier où elle avait rangé ses vieux albums photo et sa correspondance. Elle me racontait comment elle avait vécu la guerre, les années de privation, puis, plus tard, l'évolution des mœurs dans les années 1960 ; elle me parlait de chanteurs dont je ne connaissais pas le nom et me chantait ses airs préférés. Pour le goûter, elle me préparait une orangeade et des tartines aux anchois.

— Aux anchois ? ne puis-je m'empêcher de demander.

— Oui, c'est particulier, je sais. Mais j'ai fini par m'y habituer, et même par adorer ça ! Quand j'étais adolescente, c'est à elle que je confiais mes histoires d'amour, mes disputes avec mes amies, mes complexes sur ma peau acnéique et mes fesses trop volumineuses. Elle avait cette façon de me regarder bien en face et de me répondre : « *Ce n'est pas à moi de te dire ce que tu dois faire, Ninon. D'ailleurs, personne n'a ce droit. À part toi. Toi, tu connais la réponse.* » Alors je soupirais en râlant que non, je n'en savais rien, justement ! Mais maintenant que j'y pense, j'ai souvent fini par trouver la réponse.

— Ma grand-mère me disait la même chose. Dans un langage plus fleuri…

— Mamily m'a aidée à me construire, à m'aimer telle que je suis, à trouver un emploi qui me plaît…

— Vous travaillez dans quoi ?

— Une radio nationale, à Paris. Je programme des événements, je gère les émissions et les invités, ce genre de choses. C'est elle qui m'a poussée à postuler. Mamily, c'est mon repère, mon phare, mon ancre. J'ai une peur bleue de la perdre. Mais je l'ai accepté. Je suis adulte à présent et elle m'a donné tous les outils pour réussir ma vie. Je lui ai dit qu'elle pouvait partir tranquille, pourtant… elle refuse de lâcher prise. (Elle hésite un instant, la voix tremblante d'émotion.) Vous comprenez, maintenant, pourquoi je vous ai dit que vous vous trompiez ?

— Bien sûr. Je suis désolée. J'ai projeté ma propre histoire sur la vôtre…

— Vous avez perdu votre grand-mère ?

— Il y a longtemps, oui. Elle aussi s'est débattue pendant des années ; à la fin, elle ne nous reconnaissait même plus. Je suis persuadée que si elle avait pu partir plus tôt, elle l'aurait fait. Pourtant… je n'ai pas réussi à l'aider.

Je baisse les yeux, honteuse. Tout, plutôt que de lire la déception dans son regard.

— Ça a dû être très difficile, dit-elle pourtant.

Je hoche doucement la tête.

— Mais nos histoires sont différentes. Et nous allons tout faire pour que la vôtre se termine bien, assuré-je avec un sourire rassurant.

Pour la rassurer, elle ? Ou pour m'en convaincre ?

— Merci, Juliette. Rien que de vous savoir à mes côtés, ça m'aide beaucoup.

Elle se lève et avance d'un pas décidé vers l'entrée de l'hôpital. Je la suis en silence dans les couloirs où se croisent des patients en chemise bleue et des visiteurs à la mine affligée.

De vieux souvenirs douloureux remontent à la surface, tentent de me submerger. Je les chasse, décidée à me concentrer sur Ninon. J'adresse un sourire à certains, mais ils ne me le rendent pas, trop absorbés par leur douleur et leur angoisse. Ninon pousse la porte du service des soins palliatifs et se présente au bureau des infirmières. Un aide-soignant portant des tatouages sur le bras en sort à ce moment-là.

— Mademoiselle Ninon, comment allez-vous ?

— Bien, merci, Paolo. Comment va-t-elle ?

— Comme hier et avant-hier. J'ai tenté une nouvelle approche aujourd'hui. L'eau de fleur d'oranger.

— Et alors ? Comment a-t-elle réagi ?

— Elle a été enchantée, même si elle l'a manifesté de façon très intérieure.

— C'était bien tenté, Paolo. Je peux aller la voir ?

— Bien sûr ! Elle vous attend.

Paolo nous sourit et s'éloigne en chantonnant. Je me demande pourquoi Ninon ne m'a pas présentée.

— Et pourquoi a-t-il fait sentir de l'eau de fleur d'oranger à votre grand-mère ? je questionne Ninon.

— Rose a toujours adoré ce parfum, ajoute-t-elle en ouvrant la porte d'une chambre.

Une vieille dame y est allongée. On la voit à peine, entre ses draps, tant sa peau est diaphane. Des perfusions sont reliées à son bras, caché sous les couvertures. Je m'approche encore un peu, sur la pointe des pieds, de peur de la réveiller. Une couronne de longs cheveux blancs entoure son visage parcheminé. Ses sourcils et son front se contractent par moments, tandis qu'elle laisse échapper un gémissement à peine audible.

— Mamily, c'est Ninon, dit la jeune femme en déposant un baiser sur sa joue. Je t'ai amené une personne spéciale. Elle s'appelle Juliette et elle avait très envie de faire ta connaissance.

Les yeux de Rose papillonnent et s'entrouvrent à peine. Ils s'arrêtent sur Ninon, qui ne lâche pas sa main. Puis ils parcourent la pièce, comme si elle ne me voyait pas. Comme ma propre grand-mère. *Non, je ne dois pas penser à elle.* Cette fois, c'est différent.

— Je vais aller chercher un café, Mamily, et je reviens. Je te laisse avec Juliette.

Elle sort sans me demander mon avis. Je me sens soudain tout intimidée, en compagnie de cette vieille dame que je ne connais pas. Que vais-je pouvoir lui dire ?

Je fais quelques pas en direction du lit et m'assieds sur une chaise, à côté d'elle. Les effluves subtils de la fleur d'oranger viennent caresser mes narines. Sa main droite est posée au-dessus de la couverture. Sa peau presque transparente laisse voir le réseau de veines qu'elle abrite. Elle a fermé ses yeux, mais je vois qu'elle ne dort pas.

— Rose ? Je suis là pour vous. Vous m'entendez ?

Elle ne répond qu'au bout d'un long moment.

— Vous… un ange ?

Sa voix est tellement faible que je me demande si je n'ai pas rêvé ses mots. Un instant, j'hésite à m'inspirer de Paul, qui calmait ma grand-mère en entrant dans son délire. Il savait bien mieux y faire que moi avec elle. Pourtant… Quelque chose, dans le regard de Rose, me pousse à être honnête avec elle.

— Non, je ne suis pas un ange. Je m'appelle Juliette et je suis… une amie de votre petite-fille. Elle tient énormément à vous.

— Je… vois pas.

— Ce n'est pas grave, Rose. Gardez les yeux fermés si vous préférez. Écoutez juste le son de ma voix. Ninon pense que vous pourriez avoir des choses à lui dire. Parfois, c'est plus facile de se confier à un inconnu… Si vous avez envie de me parler, je suis là.

— Ma Ninon… Belle. Poupée. Jean-Louis. Pauvre Jean-Louis, ajoute-t-elle dans un souffle. Pardon.

— Qui est Jean-Louis ?

— Bébé.

Son corps semble alors pris de spasmes, et elle geint plus fort. Je ne sais ce que je dois faire. Appeler une infirmière ? Aller chercher Ninon ? Je pose ma main sur la sienne en espérant l'apaiser ; sa respiration se calme.

— Lumière.

— Il y a trop de lumière ? Voulez-vous que je tire les rideaux ?

— Pas prête…

— Je sais, Rose. Prenez votre temps.

— Voiture. Voiture.

— Je ne comprends pas, Rose. De quelle voiture parlez-vous ?

— Confiture.

Là, je suis larguée.

— Casser.

— La voiture est cassée ? hasardé-je.

— Pas vrai. C'est voiture.

Mince. Je n'y comprends vraiment rien. Je me sens complètement impuissante. Rose recommence à gémir en agrippant ses draps. Je pose ma main sur son front ; elle se détend instantanément.

— Chut… Calmez-vous, Rose. Je vous fatigue avec mes questions. Je devrais vous laisser vous reposer. Je reviendrai un autre jour, si vous êtes d'accord.

— Aidez… moi.

Il y a une telle détresse dans son regard. J'ai envie de lui promettre que tout ira bien, que je suis la femme de la situation.

Je reste muette, consciente que ce serait trop m'avancer. Ninon entre dans la chambre, une tasse de café à la main. Elle m'adresse un sourire et place son gobelet près du visage de sa grand-mère.

— Rose adore le parfum du café chaud, me confie-t-elle.

— Oui, moi aussi.

— Mamily, je dois y aller. Je reviens demain, précise-t-elle en l'embrassant.

— À bientôt, Rose, lui dis-je.

Dans le jardin de l'hôpital, je relate à Ninon l'étrange entretien que nous avons eu.

— Elle vous a dit tout ça ?

— Je suis navrée, je sais bien que cela n'a aucun sens. À moins que cela ne vous évoque quelque chose ?

— Pas vraiment. Elle avait déjà prononcé ces mots mais pas tous en même temps. Ce qui m'étonne, c'est qu'elle vous ait parlé de Jean-Louis.

— Qui est-ce ?

— Mon père.

— Il faudrait peut-être lui demander de venir. Peut-être que lui comprendrait la signification de ces mots ?

— Impossible. Il est fâché avec elle depuis une éternité.

— Essayez de lui parler. Rappelez-lui qu'on n'a qu'une mère et que la sienne ne sera bientôt plus de ce monde. Enfin… si vous le souhaitez, me reprends-je, consciente que ce n'est pas à moi de lui imposer ça.

— Je vais essayer, concède-t-elle avec un soupir. Mais je ne me fais pas d'illusions.

— J'aurais aimé vous aider davantage…

— Vous l'avez déjà fait. Ma grand-mère n'avait adressé la parole à personne à part moi, avant aujourd'hui.

10

J-12

Une fois installée dans ma voiture, je pose les mains sur le volant pour tenter de juguler leur tremblement. Une profonde inspiration… Les vannes cèdent, laissant couler les larmes.

J'ouvre la fenêtre dans l'espoir que l'air frais dissipe mes sombres pensées. Une image s'impose alors à moi : celle d'une jeune fille, assise au pied d'une cascade, le visage tendu vers la bruine, attendant que les réponses à ses questions existentielles s'infusent en elle comme par magie.

Prise d'une soudaine inspiration, je mets le contact et enclenche la première.

Trente minutes plus tard, je me gare au pied de l'ancien château de Nice et arpente le chemin qui serpente à flanc de colline, à l'ombre des pins maritimes et des cyprès. Pourvu qu'il n'y ait personne à la cascade. J'aime y être seule, sans être gênée par des touristes qui débarquent en parlant trop fort, se prennent en selfie devant la chute d'eau et en repartent sans avoir perçu l'âme de ce lieu magique.

C'est en tout cas ainsi que je l'ai toujours considéré, depuis le jour où mamie Denise me l'a fait découvrir. Je devais avoir six ans, sept peut-être, et j'avais expliqué à ma grand-mère que ce jour-là, je ne voulais pas aller à la plage. Les galets me faisaient mal aux pieds et l'eau était trop froide. Elle a réfléchi un moment puis m'a demandé si je voulais découvrir la cascade des fées. Mon visage à la fois ébahi et émerveillé lui a répondu pour moi. En nous approchant de la chute, j'ai découvert un écrin entouré de végétation, dans lequel des flots s'échouaient sur la pierre avant de s'écouler en un ruisseau festif. Mamie m'a recommandé de ne pas faire de bruit pour ne pas effrayer les fées qui, à cette heure-là, devaient prendre leur douche. Je me suis agenouillée et j'ai cherché à voir les fées, mais seuls les filets d'eau défilaient sous mes yeux.

— Elles ne sont pas là, mamie…, ai-je dit, la voix tremblante.

— Bien sûr que si ! Ne les entends-tu pas chanter ?

J'ai tendu l'oreille et, au bout d'un moment, dans l'éclat des gouttes contre la pierre, j'ai perçu un rythme récurent, quelques notes de musique et une sorte de litanie cristalline.

— Oui ! Je les entends chanter tout doucement, mais je ne les vois pas.

— C'est normal, elles sont trop petites pour qu'on les perçoive à l'œil nu. Elles sont partout, dansant dans les gouttelettes, chantant dans les étincelles de soleil qui transpercent le rideau d'eau, et sautillant sur les feuilles qui rebondissent à chaque giclée.

— Ooooh !

— Et elles ont un pouvoir magique, puisque ce sont des fées.

— Lequel ?

— Celui de résoudre tes problèmes et de répondre à tes interrogations. Il suffit que tu leur poses une question, que tu fermes les yeux et que tu écoutes leur réponse.

— Elles vont venir me la souffler dans mon oreille ?

— Non, elles sont plus malignes que ça ! Elles vont la déposer sur ton cœur. Si tu mets les mains dessus, tu entendras leur message.

— Je peux essayer ?

— Bien sûr !

Je savais pertinemment quelle question je voulais leur poser : « Est-ce que Billy va guérir ? » Maman m'avait dit que notre petit chien était malade, mais que je ne devais pas m'inquiéter. Pourtant, moi, je voyais bien dans ses yeux que la petite lumière qui y scintillait avait disparu… Je me suis agenouillée et j'ai fermé les yeux, j'ai posé ma question et placé mes deux mains sur mon cœur, attendant que les fées me donnent leur réponse.

J'ai patienté, tous les sens en alerte, guettant le moindre signe, le plus petit message. Soudain, j'ai vu Billy derrière mes paupières closes. Je l'ai vu allongé sous le radiateur, là où il passait désormais ses journées. J'ai perçu qu'il souffrait comme si je m'étais glissée sous sa peau. J'ai vu se dessiner deux chemins à travers ses yeux : celui de gauche serpentait vers une forêt obscure et terrifiante, et l'autre se dirigeait vers une plaine baignée de soleil et de rires d'enfants. Je sentais qu'il hésitait entre les deux destinations. Une fée est apparue sur le chemin baigné de lumière et m'a murmuré : « Billy restera toujours dans ton cœur. »

J'ai rouvert les yeux et souri à mamie Denise. Je lui ai raconté ce qui s'était passé ; elle m'a serrée dans ses bras. Le lendemain matin, Billy ne s'était pas réveillé. Il n'était plus là. Mais moi, je savais où il était : sur le chemin inondé de soleil, entouré d'enfants joyeux. J'ai senti au fond de mon cœur une boule de chaleur, comme s'il me l'avait envoyée de là-bas. Chaque fois qu'il me manquait, je repensais à lui, jouant dans les herbes hautes, plus heureux et libre que jamais. J'ai compris à ce moment-là que les fées avaient réellement un pouvoir magique et qu'elles m'avaient aidée à traverser ma peine. Leur repaire est devenu le mien, mon confessionnal, l'endroit où je me rendais pour leur faire partager mes chagrins et célébrer mes moments de bonheur.

Je m'assieds au pied de la cascade, qui se résume à un filet d'eau, en repensant à ces souvenirs heureux. Pourtant, aujourd'hui, la maison des fées me semble moins hospitalière qu'à l'accoutumée. J'ai l'impression de n'être pas la bienvenue, comme si je n'y étais plus à ma place, comme si je n'avais pas le droit d'être ici. Je m'asperge le visage pour dissiper mon malaise.

Je me rappelle que je suis venue à la mort de mamie Denise, avec l'intention de trouver le même réconfort qu'après avoir perdu mon Billy. Mais cette fois la magie n'a pas fonctionné. Je me sentais bien trop coupable de ne pas lui avoir dit « je t'aime », de ne pas lui avoir offert ces mots qui l'auraient peut-être libérée plus tôt du carcan dans lequel elle semblait enfermée.

Je me demande quel sera mon état d'esprit à la fin de ma vie : accepterai-je mon sort ? Aurai-je envie de la quitter sereinement ? Ou est-ce que je préférerai m'accrocher à la vie, comme Rose ?

Je me rappelle cette phrase que j'ai lue dans un roman dont je ne me souviens plus le titre : « *Le plus dur quand on est entre la mort et la vie, c'est de choisir la vie ; la mort, c'est plus doux, plus facile.* »

Je peux comprendre que, dans certains cas, quand les problèmes et les désillusions s'accumulent, il soit plus tentant de baisser les bras et d'en finir. Pour autant, je ne crois pas pouvoir me résigner aussi facilement, même dans un cas extrême. Je tiens bien trop à la vie !

Au moment où je formule cette pensée, mon malaise s'intensifie et j'ai le cœur au bord des lèvres. *Respire, Juliette, respire.* C'est ce que m'aurait conseillé Paul. Pourquoi n'est-il pas là pour m'apaiser ? Je compose son numéro de téléphone sur mon portable, mais tombe une fois encore sur sa messagerie. Son absence est le plus terrible des poisons…

Je me souviens que Paul n'avait aucune compassion pour les personnes qui mettaient fin à leurs jours. Xavier, l'un de ses amis médecins, était passé à l'acte suite à une déception amoureuse et il avait eu des mots très durs envers lui. Il estimait que cet ami avait fait preuve de lâcheté et même de cruauté envers ses proches en partant ainsi. Il disait que c'était trop facile, que la vie méritait qu'on se batte pour elle. Je lui avais rétorqué que parfois, la douleur était trop intense et que certaines personnes n'avaient pas le courage de se battre, justement. Je comprenais le geste de Xavier et j'avais tenu à le défendre, ce qui nous avait valu une jolie dispute. Je n'ai jamais su si les mots de Paul reflétaient sa pensée ou étaient envenimés par sa peine d'avoir perdu son ami.

Une bourrasque me ramène à l'instant présent, me rappelle le terrible enjeu de ma mission : sauver la vie de trois personnes ou perdre la mienne. C'est tellement cruel !

Je me penche vers la cascade et murmure une question à l'attention de mes amies les fées : vais-je réussir à relever ce pari insensé ?

Je pose les mains sur mon cœur et j'attends leur réponse.

Mais la vibration de mon téléphone m'empêche de l'entendre.

11

J-12

Je regarde l'écran de mon smartphone qui indique l'arrivée d'un e-mail d'un certain Jeremy26@gmail.com. Inconnu au bataillon. Il ne comporte qu'une seule ligne de texte :

> Je n'en peux plus, c'est trop dur. Je veux arrêter de souffrir.

J'ai beau réfléchir, je ne connais aucun Jérémy. Mon premier réflexe est de croire qu'il s'agit d'un spam, ce genre de messages commençant par une phrase alarmante et dont le but est de nous soutirer de l'argent. Je m'apprête à le supprimer définitivement mais je suspends mon geste. Et s'il s'agissait de la deuxième personne à aider ?

La coïncidence est trop grosse. Je pensais justement à la mort, au suicide, et voilà qu'un inconnu qui veut en finir avec la vie me contacte.

Mais que répondre à ça ? Pour Rose, encore, je peux m'appuyer sur l'expérience de ma grand-mère, même si les circonstances sont différentes. Mais ici on ne parle plus d'une personne âgée devenue impotente. À moins que… ?

Je tapote sur l'écran de mon smartphone.

Bonjour, j'ai bien entendu votre détresse. Pouvez-vous m'expliquer ce qu'il vous arrive ?

Quelques longues minutes plus tard, il me répond enfin :

C'est elle. Son absence. Cette drogue qu'elle a inoculée dans mon cœur. Avec elle, je me sentais vivant, libre, puissant, indestructible. Et depuis qu'elle a disparu, je n'existe plus. J'ai tout perdu.

Aurait-il perdu sa femme ? Comment réagirait mon papi Jules, si Jeanne disparaissait ? Sûrement aurait-il envie de la rejoindre, lui aussi. Peut-être est-ce pour cela que l'on fait appel à moi. Pour m'aider à comprendre.

Parlez-moi de vous, Jérémy.

Une minute. Deux minutes. Aucune réponse. L'aurais-je froissé ?

Bip.

Un message s'affiche sur mon téléphone.

Ça n'a pas grande importance... J'ai vingt ans, je vis à Lyon et j'étudie à Grenoble, en deuxième année de musicologie.

Mon cœur manque un battement ; je me force à relire pour vérifier que j'ai bien compris.

Jérémy n'est pas du tout en fin de vie – du moins, pas de la façon dont je le croyais. Cette fois, il ne s'agit pas seulement d'aider une vieille personne à partir. C'est beaucoup plus grave – et bien plus oppressant. Que suis-je censée faire ? L'aider à se suicider, ou l'en empêcher ?

Reprenant mon souffle, je tapote fébrilement :

> Vous êtes encore tellement jeune. Toute une vie s'étend devant vous.

« *Quelle importance ?* » répond-il aussitôt. « *Pourquoi m'infliger toutes ces années, alors que je ne serai plus jamais aussi heureux ?* »

Est-ce du désespoir, que je lis dans ses mots ? Ou de la colère ?

> Racontez-moi ce qui vous arrive.

À sa place, je me serais envoyée paître. Mais c'est lui qui a décidé de me contacter ; je suppose que ce n'est pas pour rien.

En effet, quelques minutes après, un très long message me parvient :

> Tous les jours, je prends le train pour aller à la fac. J'en profite pour lire ou pour réviser mes cours. L'année dernière j'ai repéré une fille qui était déjà assise dans le train quand je suis monté à Lyon et qui est descendue après moi. Je ne l'avais jamais croisée auparavant, aussi elle m'a tout de suite intrigué. C'était quelque chose dans son attitude, sa façon de s'asseoir en biais, ses gestes. Bien sûr, je n'ai pas osé lui parler. J'ai cru que je ne la reverrais jamais, mais je l'ai retrouvée le vendredi soir, dans le train en direction de Lyon. Je la voyais tous les lundis matin et les vendredis soir. J'ai supposé qu'elle partait pour une semaine car elle avait toujours un énorme sac de voyage à ses pieds.
>
> Au début, je ne voyais qu'une cascade de cheveux roux penchée sur un livre posé sur ses genoux. Elle pouvait rester dans cette position pendant tout le trajet. Ce qui me fascinait, c'étaient ses doigts qui tournaient les pages,

qui s'entortillaient autour d'une mèche de cheveux ou qui passaient au travers pour gratter son menton. Des doigts longs et souples, aux ongles parfois recouverts d'une couche de brillant ; des doigts vivants qui ne restaient jamais immobiles. On aurait dit qu'ils s'exprimaient, qu'ils cherchaient à transmettre un message, ou à chorégraphier une danse mystérieuse et subtile. Je passais les quatre-vingt-dix minutes du trajet à les observer, en espérant qu'un jour ils écarteraient le rideau capillaire qui cachait son visage. Un visage que je me suis amusé à imaginer différemment chaque fois que je l'ai vue.

Je ne pouvais rien faire d'autre, tandis que mes cours restaient confinés dans mon sac à dos. Mille fois j'ai imaginé aller lui parler, comme ces mecs dans les films, très sûrs d'eux, dégainant la bonne réplique, celle qui fait marrer les filles et les fait tomber sous leur charme. Sauf que moi, je suis tout l'opposé. Je ne sais jamais quoi dire, et quand j'ose enfin ouvrir la bouche mes mots ressemblent à une espèce de torrent insipide, incompréhensible, et ennuyeux à mourir. Et je ne vous parle pas de mes joues cramoisies, des auréoles de sueur sur mon tee-shirt et de mes mains moites. Alors, je lui adressais la parole dans ma tête. Là, j'étais plutôt bon. Je trouvais la bonne entrée en matière, la bonne réplique, le bon sourire charmeur et la façon subtile de lui donner mon numéro de téléphone ou de lui demander le sien.

Chaque lundi, avant même de monter dans le train, alors que je trépignais sur le quai, je sentais mon cœur s'emballer et la chaleur me consumer de l'intérieur. Je ne pouvais m'empêcher de sourire bêtement, de me tenir plus droit, de redresser la tête. J'avais alors l'impression que ce jour-là serait le bon, que j'oserais enfin lui adresser la parole. Et quand je descendais du train, après un nouvel échec, je me consolais en me disant que dans cinq jours, je la reverrais. Et que cette fois-là, la chance serait de mon côté. Pendant ma semaine de cours, j'avais l'impression de voler sur le temps, sur les contrariétés, sur mes réveils trop précoces, sur mes devoirs soporifiques. Je me sentais plus sûr de moi, bizarrement, mais aussi plus détendu, plus ouvert. Les autres étudiants sont venus discuter plus volontiers avec moi, les filles surtout. Mais aucune n'avait l'aura de la fille du train.

Au bout de quelques semaines, j'ai tenté une nouvelle stratégie. Je m'efforçais de déchiffrer le titre de son livre et en descendant du train, je courais l'acheter au Relay de la gare. Je commençais à le lire immédiatement, tout en marchant vers l'université, avec cette impression grisante de partager les mêmes émotions qu'elle. Le vendredi suivant, je plaçais mon roman de façon à ce qu'elle le voie, au cas où il lui serait arrivé de relever la tête. Cela m'obligeait à le tenir à une hauteur peu naturelle, ce qui provoquait des douleurs dans mon dos et mes bras. Mais ça en valait la peine, je le sentais. C'était le seul lien qui existait entre nous et qui aurait pu l'amener à venir me parler. Mais, semaine après semaine, roman après roman, mon plan a échoué. Il m'aura au moins permis de découvrir des auteurs et un univers qui m'étaient étrangers.

Un lundi, je ne l'ai pas trouvée assise à sa place. Le train était bondé et elle s'était rabattue sur un strapontin, à côté des portes. J'avais l'habitude de descendre de l'autre côté, histoire d'arriver plus vite au bout du quai, mais cette fois-ci j'ai décidé de traverser toute la rame pour passer devant elle. Je me suis levé quatre minutes précisément avant l'arrêt et me suis stationné à un mètre d'elle. Je sentais son parfum, un parfum léger, qui fleurait bon le printemps. Je regardais le paysage défiler par la paroi vitrée d'un air qui se voulait nonchalant. De toute façon, elle ne m'accordait aucune attention. Et soudain, le train a freiné brusquement, faisant vaciller toutes les personnes debout autour de moi. Je suis tombé par terre, à ses pieds. Quand j'ai relevé la tête, j'ai vu son visage penché sur le mien. C'était sans aucun doute la plus belle version de toutes celles que j'avais imaginées auparavant. Elle m'a souri, faisant palpiter mon cœur, et m'a aidé à me relever. J'ai bredouillé un «*Merci*», tandis que le train se remettait en marche. «*Tu as fait tomber ton livre*», m'a-t-elle dit, en me tendant mon roman. Le même que le sien. *« Oh, toi aussi, tu lis* Par-delà les siècles*? Tu aimes ?* » Je lui ai répondu que c'était pas mal, attendant de me mettre au diapason de son avis. Elle l'adorait. J'ai alors précisé que je trouvais l'histoire passionnante. Le train s'est arrêté de nouveau, en gare de Grenoble cette fois, et j'ai dû descendre. Elle m'a lancé un « *Bonne journée !* » et la porte s'est refermée sur elle.

Le vendredi suivant a mis des années à venir et je crois bien avoir vécu ces quelques jours en apnée. Mais il est arrivé. Quand je suis monté dans le train, je me suis installé à ma place habituelle et je l'ai cherchée du regard. Elle m'observait, avec un drôle de sourire. Puis, elle s'est approchée et m'a annoncé « *J'ai fini ! Et toi ?* ». J'ai compris qu'elle parlait du roman que nous lisions, chacun de notre côté. Je n'avais pas pu me concentrer sur la moindre ligne et j'étais encore loin de l'avoir terminé. Nous avons commencé à discuter du livre, de la lecture en général, de mes études et des siennes (elle étudiait la communication), jusqu'à ce qu'on parvienne à mon arrêt.

C'était le plus beau jour de ma vie. Avant de descendre du train, elle a griffonné son numéro de téléphone sur le dos de ma main, ainsi que son prénom : « Serena ». Je lui ai écrit un texto dès qu'elle a posé un pied sur le quai :

« Encore 60 heures avant de nous retrouver, Serena... Ça va être long ! »

Au moment où j'ai appuyé sur « Envoyer », j'ai relu mon message et mes joues se sont enflammées. Trop tard. J'ai eu le temps de la voir sortir son téléphone de sa poche, sourire en regardant son écran puis dans ma direction, et tapoter dessus, avant que le train ne reparte.

« Ça va durer des siècles ! »

Nous avons échangé plus de deux cents messages pendant tout le week-end. Nous avons parlé littérature, puis de nos préférences musicales, culinaires, cinématographiques, vestimentaires, florales, ornithologiques, décoratives, et même, le dimanche vers minuit, de la meilleure façon d'embrasser. Quand je suis monté dans le train le lundi matin, trois heures après l'avoir quittée virtuellement, elle était debout, face à moi, à l'entrée du wagon. Elle s'est approchée de moi, a placé ses mains en coupe autour de mon visage et m'a embrassé avec une infinie douceur, exactement comme le baiser de mes rêves que je lui avais décrit.

Pendant six semaines, nous avons vécu une histoire qui n'existe que dans les comédies romantiques. Six semaines idylliques. Six semaines où je n'ai vécu, mangé, dormi, rêvé en ne pensant qu'à elle. Elle était l'archétype de la femme parfaite pour moi, sensible, réservée, cultivée, drôle et attentionnée. Et incroyablement belle.

Un lundi matin, je ne l'ai pas vue dans le train. Je l'ai appelée, j'ai envoyé des dizaines de messages, elle ne m'a pas répondu. J'ai vécu dans l'angoisse toute la semaine. Je ne connaissais aucun de ses amis, ni aucun membre de sa famille que j'aurais pu contacter. J'ai bien appelé sa faculté, mais, bien entendu, ils ignoraient pourquoi elle ne venait plus en cours.

J'ai scruté les informations pour voir si ses parents n'avaient pas lancé un avis de recherche ou si les médias se faisaient l'écho d'un drame concernant une jeune étudiante. Rien.

Elle a disparu, littéralement, comme si elle n'avait jamais existé, comme si je ne l'avais jamais rencontrée. J'ai même pensé que j'avais rêvé cette histoire. Mais nos textos me rappellent cruellement qu'elle n'était pas un simple fantasme tout droit sorti de mon imagination.

Elle a disparu. Ça fait deux mois.

Vous comprenez maintenant pourquoi je me sens mourir de l'intérieur ?

12

J-11

La mer est un peu fraîche ce matin, mais elle a le mérite de calmer mon esprit tumultueux. Je m'arrête de nager, j'essaie de rester aussi immobile que possible. Autour de moi, l'eau s'apaise et poursuit sa danse en direction du rivage, comme si je n'existais pas. Cela correspond bien à ce que je ressens. L'impression d'être là sans y être. Je me laisse couler sous la surface de l'eau et j'ouvre les yeux. L'atmosphère est encore plus paisible, vue d'ici. Sous mes pieds, des touffes d'algue se balancent dans le courant, la friture s'approche de mes orteils, et une anguille se faufile entre les rochers. C'est si beau, si pur, si vivant !

Dire que dans onze jours, je risque de ne plus jamais avoir la joie de contempler un tel spectacle… « *Ce sera le néant* », m'a prophétisé la voyante. Mais que va-t-il m'arriver, précisément ? Vais-je tomber raide morte en pleine rue, déclencher une maladie foudroyante, m'endormir pour ne plus jamais me réveiller ?

Cette perspective me terrifie. Je ne veux pas mourir ! Voir Jérémy prêt à renoncer à sa vie m'a fait prendre conscience à quel point je tiens à la mienne. Ce qui paraît insurmontable aujourd'hui ne sera peut-être qu'un mauvais souvenir demain.

Une pensée qui me noue l'estomac d'angoisse, sans que je comprenne pourquoi. Autour de moi, tout devient plus flou, moins tangible. Je me redresse, rouvre les yeux hors de l'eau, reprends mon souffle.

La sensation persiste un peu, puis s'estompe.

Je ressens soudain le besoin de me blottir contre Paul, d'entendre sa voix me rassurer. Revenue sur la plage, je me sèche et compose son numéro, mais je tombe sur sa messagerie. Encore. Le cœur serré, je lui envoie un message :

Tu me manques. Rappelle-moi vite.

Je ferme les yeux, m'efforçant d'apprécier la chaleur du soleil sur mon visage et le chant des cigales agrippées au tronc des pins qui surplombent les flots. Les rayons caressent ma peau et détendent chacun de mes muscles. L'espace d'un instant, dans un flash brutal, je me revois pliée en deux, incapable de me mouvoir, de me redresser, le corps parcouru d'une décharge de douleur indescriptible, ce sentiment d'impuissance et d'angoisse chevillé à la moindre de mes cellules. Ça me revient comme un boomerang : j'ai été malade. Très malade. Des semaines, des mois de souffrance s'invitent tout à coup dans mon corps, comme s'ils n'étaient jamais partis. Je n'ai plus mal aujourd'hui, mais je me rappelle la douleur, l'épuisement, l'angoisse. J'étais lasse, si lasse…

Comment ai-je pu l'oublier ? Prise de nausées, je cherche à me souvenir de la guérison, la liberté recouvrée, jusqu'à cette merveilleuse sensation de légèreté que j'éprouvais à la librairie avant de rencontrer la voyante.

C'est le néant. Je me souviens distinctement de tout ce qui m'est arrivé, de ma plus tendre enfance jusqu'à l'e-mail de Jérémy ;

il n'y a aucune zone d'ombre, aucun vide. Et pourtant la question demeure, écrasante : comment ai-je pu occulter cette partie de ma vie ?

Y a-t-il un rapport avec l'étrange mission qu'on m'a donnée ?

Le cœur au bord des lèvres, je m'efforce de me concentrer sur le présent, sur les formes tangibles qui m'entourent. Ma respiration se calme un peu. Je dois penser à l'avenir, ou bien je n'en aurai plus du tout. Machinalement, je ramasse quelques galets dorés aux formes arrondies. Je les dépose sur le ponton et laisse mes mains jouer avec, les yeux dans le vague. Le cri d'un goéland me ramène à moi. ESPOIR. C'est le mot formé par les galets sans que j'y prête attention.

Si seulement je savais comment m'y raccrocher. Mon seul espoir, c'est d'aider Ninon et Jérémy, mais je n'ai pas la moindre idée de ce que je dois faire. Comment convaincre quelqu'un de s'accrocher à la vie ? Comment lui faire comprendre que les chagrins d'amour finissent toujours par cicatriser ? Je me demande pourquoi il se résout aussi vite à renoncer à la vie. Qu'est-ce qu'il a pu vivre dans le passé pour lui faire croire qu'il n'y a pas d'autres issues possibles ? Quelle enfance, quelle famille a-t-il eues ? Quelle conception du monde s'est-il forgée ?

Même quand j'étais au plus mal, je n'ai jamais eu envie d'en finir. Même quand Paul et moi avons failli nous séparer, quand j'ai dû faire une croix sur mon plus grand espoir, persuadée que je ne serais jamais heureuse, j'ai toujours voulu aller de l'avant, trouver des solutions. J'ai toujours été intimement convaincue que chaque problème avait sa solution, même si elle s'avérait différente de celle que nous avions envisagée de prime abord.

Si Jérémy m'a appelée, c'est qu'il a besoin d'aide. Une tentative désespérée d'échapper à la seule issue qu'il entrevoit pour son désespoir. Je lui envoie un e-mail l'invitant à me contacter par téléphone pour que je puisse lui parler de vive voix. Quelques minutes plus tard, les premières notes de *Talking to the Moon* s'envolent sur le sable.

— Jérémy? Bonjour, c'est Juliette. Merci de m'avoir appelée.

— Je ne sais pas si ça sert vraiment à quelque chose... On ne peut plus changer ce qui s'est passé, conclut-il d'une voix bien grave pour un homme aussi jeune.

— Vous m'avez appelée parce que vous n'avez pas vraiment envie de mourir.

Un silence. Va-t-il raccrocher?

— Je ne sais pas. Peut-être, dit-il enfin, la voix tremblante. Mais c'est trop dur.

— Aujourd'hui, cela vous paraît insurmontable. Mais vous finirez par vous en remettre. Le temps apaise nos douleurs, toujours.

— Le temps... je l'ai souvent maudit ce temps qui ne passait pas assez vite quand j'étais enfant, ce temps qui me laissait espérer qu'un jour meilleur arriverait enfin. Mais il m'a laissé seul avec mes attentes et ma peine. Il n'a rien guéri. Pourquoi ce serait différent cette fois-ci?

— Qu'attendiez-vous, alors?

— Je rêvais que ma mère revienne me chercher. J'en rêve toujours, je crois.

— Oh... Où est-elle?

— Elle m'a abandonné quand j'avais cinq ans.

— Ça a dû être très douloureux.

— On lui a retiré ma garde parce qu'elle était alcoolique et sans revenus. On m'a placé dans une famille d'accueil. Ce devait être provisoire, alors j'ai attendu. Et j'attends encore, même si ça ne sert à rien.

— Vous n'avez pas essayé de la retrouver?

— Elle est morte.

Le sanglot dans sa voix me fait vaciller ; je sens mes yeux se voiler. Je dois trouver les mots pour le réconforter, mais ils ne daignent pas se présenter et me laissent seule au bout du fil, comme une idiote.

— Je suis désolée, Jérémy. Je suis sûre qu'elle vous aimait, à sa façon.

— On voit que vous ne la connaissez pas. Si elle m'aimait, elle aurait arrêté de boire, elle aurait trouvé un travail, comme tout le monde. Elle ne m'aimait pas assez pour se battre.

— Ce n'est pas aussi simple. L'alcoolisme est une vraie maladie, votre mère n'a certainement pas trouvé d'autre moyen pour guérir ses propres blessures.

— Ça ne change rien au fait qu'elle m'a abandonné. Elle m'a détruit en se détruisant elle-même.

J'aimerais lui expliquer qu'il devrait essayer de comprendre sa mère et les raisons qui l'ont poussée à agir de la sorte, que cela l'aiderait à lutter contre son sentiment d'injustice, mais je sens qu'il n'est pas encore prêt à entendre ce genre de discours.

— Avez-vous essayé d'en parler avec vos parents adoptifs ?

— Non. Je ne parle jamais de ma mère avec eux.

— Pourquoi ?

— Je suppose que, comme tous les parents adoptifs, ils craignent que je leur échappe, que je les aime moins, ce genre de choses. Ils sont assez âgés à présent, et je ne veux pas les importuner avec des questions dont ils n'ont pas les réponses, de toute façon.

— Quelles sont vos relations avec eux ?

— Ils ont toujours veillé à ce que je ne manque de rien, mais… ils ne sont pas très affectueux, ni très démonstratifs. Ils viennent d'un milieu où ça ne se fait pas d'exposer ses émotions.

— Vous ne leur avez donc pas présenté Serena ?

— Oh, non ! Ils me reprocheraient ma naïveté et mon romantisme inconvenant, à coup sûr. Déjà qu'ils ont du mal à supporter ma timidité maladive…

Ses mots viennent trouver un écho particulier dans mon cœur, là où se niche le souvenir de la rencontre de Paul avec mes parents. Aurais-je attendu cinq ans pour le leur présenter, s'ils avaient été moins exigeants envers moi ?

— Le regard des parents n'est pas toujours facile à porter.

— J'envisageais déjà ma vie entière avec elle, dit-il d'une voix étranglée. Une vie de couple qui m'aurait permis de construire avec elle le bonheur qu'on m'avait refusé.

— Vous en êtes toujours capable.

— Pas sans elle.

— J'ai été comme vous, vous savez.

Dans son silence, je perçois son scepticisme. Je me racle la gorge.

— J'étais jeune, j'étais très amoureuse. Je pensais avoir trouvé l'homme de ma vie… et puis il est parti. J'ai cru avoir gâché mon unique chance d'être heureuse.

— Et c'était le cas ?

— Quelques mois plus tard, j'ai rencontré l'homme qui est aujourd'hui mon mari.

— Vous êtes mariée ?

— Et profondément amoureuse, depuis plus de dix-huit ans. Et, grâce à Paul, je me suis rendu compte que celui qui l'avait précédé n'aurait jamais pu me rendre aussi heureuse. Nous sommes toujours là l'un pour l'autre.

Une fois encore, mon estomac se noue sans raison. La plage, tout à l'heure ensoleillée, se nappe d'un brouillard fin qui lui donne des allures fantomatiques. Les poils se dressent sur mon bras, soulevés par un frisson inexpliqué.

— Juliette ? demande Jérémy.

Sa voix inquiète me ramène au présent.

— Je suis là.

— J'ai envie de vous croire. Mais c'est si dur…

— Je sais.

Que dire d'autre ? C'est d'un thérapeute qu'il aurait besoin. Pas d'une fille comme moi, empêtrée dans ses interrogations existentielles et ses propres douleurs. Mes yeux se posent alors sur les galets avec lesquels je jouais sans y prêter attention.

— Gardez espoir, Jérémy. Il y en a toujours.

— Je vous promets d'essayer.

Il raccroche sans un mot de plus, comme s'il avait peur de se dégonfler. Je resserre les bras autour de moi, m'enroule dans ma serviette humide pour lutter contre le froid. Mais il semble accroché à mes os, bien décidé à y rester.

Je quitte la plage d'un pas lourd, frappée par l'ironie de la situation. Il me reste si peu de temps… Comment aider un jeune homme à reprendre espoir, quand le mien s'étiole jour après jour ?

13

Paris, février 2010

Je vérifie mon reflet dans mon miroir à main et arrange mes cheveux. Paul les préfère détachés et ondulés, alors que j'ai l'habitude de les nouer en queue-de-cheval. Mais ce soir, j'ai décidé de lui accorder ce petit plaisir. J'ai également acheté une jolie robe bleu nuit pour l'occasion et des escarpins assortis. Je veux le surprendre, le séduire, comme si nous nous rencontrions pour la première fois.

Je perçois le regard insistant du chauffeur Uber sur moi, par-delà son rétroviseur. Je détourne les yeux vers les illuminations de la ville.

Je me sens différente. Plus femme et plus assurée en apparence, mais plus fragile à l'intérieur. Cela fait huit ans que nous nous connaissons. Nous partageons nos jours et nos nuits, nous nous aimons profondément, nous savons tout l'un de l'autre. Et pourtant, je sens une fissure se former sur notre chemin, une distance nous éloigner l'un de l'autre. Il est plus distant, moins attentionné, moins fougueux. Nous n'avons pas vraiment de sujet de discorde, si ce n'est que je regrette qu'il travaille trop et qu'il me reproche de ne pas épargner suffisamment, mais dans l'ensemble nous nous entendons plutôt bien. Trop bien, peut-être ? Serait-ce cette fameuse routine, responsable de l'étiolement de tous les couples après quelques années, comme le serinent les magazines féminins ? Ou alors, aurait-il rencontré une autre femme, plus belle, plus apprêtée, plus cultivée que moi ? À moins que notre amour n'ait commencé à s'essouffler, tout doucement ?

Ces derniers jours, je me suis mise à l'observer, à interpréter ses silences, ses gestes, ses sourires. J'espérais que mon sens de l'intuition se saisisse de ces indices et me laisse entrevoir une solution. Et elle s'est présentée à moi.

J'ai invité Paul à me rejoindre au restaurant La Colombe, dont je n'ai entendu que des éloges mais où nous ne sommes encore jamais allés. Il m'a rappelé que la Saint-Valentin était la semaine prochaine et que mon anniversaire ne tombait que dans trois mois. Je lui ai répondu que nous n'avions pas besoin de dates « officielles » pour un dîner en tête à tête.

Comme il me rejoint directement en sortant de sa garde, je lui ai recommandé d'emporter un costume pour se changer à l'hôpital. J'ai ainsi pu me préparer toute seule à la maison. Je me sens fébrile, comme si je me rendais à mon premier rendez-vous, comme si j'allais rencontrer l'homme de ma vie. Comme si je craignais de ne pas lui plaire… ou plutôt de ne plus lui plaire.

— Nous y sommes, annonce le chauffeur en se garant le long du trottoir. Passez une belle soirée !

Paul est assis devant la cheminée dans son costume anthracite, celui qu'il met pour les grandes occasions. Cette attention me touche. Il se lève en me voyant et m'adresse le plus charmant des sourires.

— Bonsoir, mon ange ! Tu es sublime, me glisse-t-il à l'oreille. Tous les hommes t'admirent, mais pas autant que moi.

Je sens mon visage s'empourprer et mon cœur s'emballer. Notre amour n'est pas encore éteint.

— Arrête de me regarder comme ça, j'ai les joues en feu !

— Ce doit être à cause de la cheminée.

— Certainement…

Il me raconte les dernières péripéties de son collègue, éminent chirurgien qui passe son temps à faire des blagues dans le service, me demande où j'aimerais partir en voyage cet été, rêve avec moi de cette hypothétique mutation dans le Sud que nous envisageons depuis quelque temps, et parvient, entre deux coupes de champagne et deux éclats de rire, à effacer mes doutes et mes interrogations.

Je me suis fait des idées : nous sommes plus unis et amoureux que jamais.

Quand nos desserts arrivent – des profiteroles –, je me sens prête à lui parler.

— Paul, je sais que je n'ai pas encore obtenu mon CDI et que tu aurais voulu attendre encore un peu, mais je crois que le moment est venu pour nous de… Enfin, j'aimerais que l'on fonde une famille. Maintenant.

— Là, sur la table, devant tout le monde ?

Il sourit en triturant sa serviette.

— Juliette, on en a déjà parlé. Je suis d'accord pour avoir des enfants d'ici quelque temps, mais je veux qu'on officialise notre couple avant. Tu sais que c'est important pour moi et pour ma famille. D'ailleurs, regarde dans ton chou.

— Quoi, tu y as mis un bébé ?

Je soulève le chapeau de ma profiterole et découvre, au sommet de la boule glacée à la vanille, un solitaire en diamant. Je pousse un petit cri de surprise. Je m'attendais à tout sauf à ça ! Je ne sais comment réagir, partagée entre la perspective de passer le restant de mes jours avec l'homme que j'aime et mes convictions pour le moins pessimistes sur le mariage. Deux couples se tournent vers nous, attendent visiblement ma réponse. Si je dis « oui », j'aurai l'impression de me trahir et de nous embarquer tous les deux sur un Titanic. Si je dis « non », je risque de le perdre à jamais.

— Tu ne vas quand même pas exiger que je pose un genou à terre ? me questionne Paul, les sourcils en point d'interrogation.

— Non… C'est juste que je suis surprise.

Paul connaissait mon avis sur la question. J'ai l'intuition qu'il a choisi de me faire sa demande au restaurant, devant une assemblée, pour que je me sente obligée de dire « oui ». Comme s'il avait voulu me piéger… Ma contrariété se mue alors en colère.

— Pourquoi tu fais ça ? Pourquoi ici ? Pourquoi maintenant ? Tu sais que tout ça ne représente rien pour moi. Pire, je suis convaincue que les couples libres parviennent à rester amoureux beaucoup plus longtemps que les couples mariés. Tu sais tout ça ! Mais tu t'obstines, comme si mon avis importait peu. Moi, ce que je te propose, c'est de te faire un enfant, de t'offrir mon corps et mon âme pour accueillir un être que nous aurons conçu ensemble. Tu ne crois pas que mon engagement envers toi a encore plus de force à travers un enfant qu'à travers un simple bout de papier signé devant le maire ?

J'ai haussé la voix sans m'en rendre compte. Paul se renferme instantanément ; les autres couples se détournent avec un air gêné. Il reste silencieux, comme toujours, ce qui a le don de me rendre folle. Je lui demande plus bas de me répondre, mais, au lieu de cela, il se lève et m'annonce qu'il passera la nuit à l'hôpital. Et il me laisse plantée là, dans ma tenue sexy qui ne me sert plus à rien…

De retour chez nous, seule sous ma couette, je passe des larmes de désespoir aux grandes phrases pleines de certitude. «*Puisque tu ne m'aimes pas comme je suis, puisque tu ne respectes pas mes convictions, il vaut mieux en finir!*» Cent fois, je prends mon téléphone pour lui envoyer un message d'excuses, une invitation au dialogue, avant de le jeter de l'autre côté du lit en pestant.

Deux jours après, je n'ai toujours aucune nouvelle de lui. J'ai fini par lui envoyer une vingtaine de messages lui demandant de me rappeler pour qu'on discute tranquillement. Mais il se contente de bouder, comme un enfant. Je suppose qu'il va passer une nouvelle nuit à l'hôpital, entouré de toutes ses infirmières qui n'attendent certainement que le jour où il deviendra célibataire.

Je me commande un plateau de sushis, prête à passer une autre nuit épouvantable, après une nouvelle journée atroce. Je commence à me dire que j'ai tout gâché, que la fissure entre nous s'est transformée en cratère et que tout est fini entre nous. J'aimerais tant réparer les choses, lui dire que je suis désolée, mais je sens bien qu'il ne veut plus me parler. Peut-être devrais-je aller le voir à l'hôpital, malgré tout? Lui livrer le fond de mon cœur, lui dire que je l'aime, mariés ou pas, qu'on ait des enfants ou pas. Je l'aime et c'est tout ce qui compte. Même si c'est trop tard, même s'il ne m'aime plus.

Je plaque le coussin contre mon visage pour y enfermer mes larmes et mon désespoir.

J'entends alors la clé tourner dans la serrure de la porte d'entrée. Paul dépose son costume sur le dossier de la chaise de la salle à manger. Je ne sais pas si je dois lui sauter dans les bras, pleurer de joie ou attendre qu'il parle pour connaître son état d'esprit. Il semble se poser les mêmes questions que moi. Alors, dans un éclat de rire, il m'ouvre ses bras et je m'y réfugie en pleurant.

— Paul, je suis désolée. J'ai été stupide. Si tu veux qu'on se marie, c'est d'accord, je...

— Attends une minute, Juliette.

Il sort de la poche de son manteau un coffret en forme de cœur, recouvert de nacre.

— Ouvre-le.

Un papier plié sur lui-même y est enfermé. Je le déplie et le lis :

« Ma Juliette, mon ange, mon amour,

Moi, Paul Giraudo,

Je jure de t'aimer, de te chérir, de te soutenir et de t'accompagner tout au long de notre vie, dans la richesse ou la pauvreté, dans la santé ou dans la maladie, dans les moments de bonheur ou de tristesse.

Je te promets d'avoir des enfants avec toi, en espérant qu'ils soient aussi beaux, sensibles, aimants et bienveillants que toi.

Je te choisis, toi, Juliette Desplin, comme mon épouse pour l'éternité, avec la lune pour seul témoin.

Fait à Paris, le 14 février 2010.

Paul Giraudo »

Il a signé sous son nom et, en face, il a écrit le mien. Je relève le visage, les yeux rouges et les lèvres tremblantes.

— Je t'accepte telle que tu es, Juliette. Je sais que le mariage te fait peur, que l'exemple de tes parents t'a vaccinée, et que tu associes cette union à un naufrage annoncé. Je n'aurais pas dû essayer de te forcer la main. Pardonne-moi. Et si tu veux bien lier ta vie à la mienne, sans aucune cérémonie ni publication de bans, il te suffit de signer en bas de la page. Qu'en dis-tu ?

Je me hisse sur la pointe des pieds pour l'embrasser passionnément, encore bouleversée d'être passée aussi vite du désespoir au bonheur le plus complet.

— J'en dis que la lune peut dormir sur ses deux oreilles, une union comme la nôtre durera pour l'éternité.

14

J-10

La nuit est d'encre et même les étoiles ne parviennent pas à la percer. Autour de moi, tout n'est que silence. Pieds nus, j'avance dans l'obscurité. Je reconnais malgré tout le paysage familier de la cascade. Une lueur m'attire plus loin. Là-bas, je distingue une silhouette que je reconnais instantanément. Paul est debout, dos à moi, de l'autre côté d'une rivière tumultueuse. Je l'appelle de toutes mes forces mais il ne m'entend pas. Le vent rabat mes cheveux sur mon visage et emporte ma voix.

— Paul ! Je suis là !

Je répète inlassablement cette phrase jusqu'à ce qu'il se retourne. Quand il me voit, son visage s'anime et il se jette à l'eau pour venir me rejoindre.

C'est bien trop dangereux !

— Reste où tu es ! Le courant est trop fort.

Il ne me répond pas et continue à avancer. Soudain, il disparaît sous la surface de l'eau.

— Paul ! Paul !

Je saute dans l'eau gelée pour l'atteindre et me retrouve emportée par les flots. Une main agrippe la mienne. Paul sort la tête de l'eau. Son visage est livide, il est à bout de souffle. Il tente de faire un pas vers moi, mais il trébuche de nouveau.

Nos doigts se crispent pour ne pas lâcher l'étreinte mais les vagues sont trop violentes. Je glisse à mon tour, sens nos mains se séparer dans ma chute. Paul est projeté dans le courant à une vitesse vertigineuse.

— Paul ! Pardonne-moi ! Je suis désolée. Tellement désolée...

— Juliette ? Juliette ?

Ce n'est pas la voix de Paul, mais celle de mon pépé Jules.

— Juliette, réveille-toi !

J'ouvre les yeux, je peine à me souvenir où je suis. La lumière inonde ma chambre. Jules est assis sur le bord de mon lit, l'air inquiet.

— Tout va bien, ma nine ?

— J'ai fait un cauchemar.

— Tu veux m'en parler ?

— Pas vraiment.

— À la bonne heure ! Jeanne t'a préparé des crêpes à la confiture de figues, ça te remontera le moral.

— J'arrive.

Je me suis endormie très tard, après avoir livré une lutte contre le déchaînement de mes pensées. Plusieurs voix se disputaient la première place dans mon esprit. Celle de Jérémy qui répétait « *Ça ne sert à rien, tout est fichu !* », celle de Rose qui ânonnait des suites de mots absurdes « *polichinelle, serpillière, pomme de terre, trottinette* », et enfin celle de la voyante : « *Le néant vous attend, Juliette. Hâtez-vous !* »

Il ne me reste plus que dix jours. Dix jours ! J'en ai déjà gaspillé cinq pendant lesquels je n'ai pas avancé d'un pouce. Si je connais mieux les situations de Ninon et de Jérémy, je n'ai rien fait qui puisse les secourir, d'une façon ou d'une autre. Et le pire, c'est que la troisième personne ne s'est toujours pas manifestée.

« Ferme les yeux. Inspire doucement, bloque ta respiration, puis expire lentement. Encore plus lentement. Recommence. »

C'est ce que Paul me répétait quand je déclenchais une crise d'angoisse, et ce que je m'efforce de faire pour recouvrer mon calme. Oh, Paul… Pourquoi n'es-tu pas avec moi, aujourd'hui ? J'ai besoin de ton calme, de ta bienveillance, de ta voix chaude et posée, de tes grands bras autour de moi. Mais, une fois encore, tes chers patients passent avant moi. Tu les suis au bout du monde, comme si tu leur étais plus utile là-bas, quand j'ai tellement besoin de toi ici.

J'ai toujours été fière de ton dévouement, pourtant je ne peux m'empêcher d'en éprouver une jalousie égoïste. Tu n'étais pas comme ça, avant. Pas autant. Tu n'avais pas de douleur à fuir dans mon regard, aucun sentiment d'impuissance à combattre en te donnant corps et âme à ta cause. J'ai si peur de ne pas avoir le temps de te revoir une dernière fois.

Un coup d'œil sur mon téléphone – aucune réponse à mon message d'hier. J'hésite à appeler encore une fois, l'angoisse de mon rêve toujours bien présente, quand je me rends compte qu'un e-mail m'attend dans ma boîte de réception.

> Mon ange, je ne peux pas t'appeler, mais je t'écris cet e-mail pour te dire combien tu me manques, combien j'aimerais être auprès de toi, combien je me sens seul et triste quand tu n'es pas à mes côtés. Nous n'avons jamais été séparés aussi longtemps. Je fais de mon mieux, je peux te l'assurer et je sais que nous serons bientôt réunis. Je t'aime aujourd'hui et pour toujours.
>
> Paul

Mon cœur se serre à la lecture de ce message. Mon absence semble aussi douloureuse pour lui que la sienne l'est pour moi. Je sais qu'il fait de son mieux pour se libérer et venir me rejoindre. J'aimerais tellement qu'ensuite on parte en voyage tous les deux, dans l'un de ces pays qui nous faisait rêver et que nous n'avons jamais visité.

Je me lève enfin et j'ouvre ma fenêtre. L'air marin s'engouffre dans la pièce, chasse mes souvenirs et mon mal de tête. Je descends à la cuisine, en courbant mon dos, par habitude, avant de me souvenir que je n'ai plus besoin de faire ce geste qui me permettait d'atténuer ma douleur.

Mon estomac rempli de crêpes aux figues ne parvient pas à balayer le malaise qui me submerge depuis mon réveil.

Les échos de mon rêve résonnent dans ma tête : « *Paul, je suis là !* » J'aimerais tellement lui parler, tenter de recoller les morceaux entre nous, de dissiper ces nuages de rancœur et d'incompréhension qui nous étouffaient, comme nous avons su le faire dans le passé… Ma plus grande peur est d'échouer dans ma mission avant d'avoir eu le temps de le faire. Le silence est le pire des supplices. Je comprends ce qu'endure Jérémy. Il faut qu'il sache pourquoi Serena a disparu, pourquoi elle est partie sans lui donner aucune nouvelle. Sinon, il ne pourra jamais tourner la page.

J'appelle Jérémy qui décroche à la seconde sonnerie.

— J'ai une idée, je lui lance de but en blanc.

— Écoutez Juliette, c'est gentil de votre part mais je crois que je n'aurais pas dû vous ennuyer avec mes problèmes. Que pourriez-vous y changer, après tout ? Nous devrions en rester là. C'est trop tard.

Une alarme se met à sonner dans ma tête. S'il ne souhaite plus que je l'aide, cela signifie qu'il n'a pas renoncé à son envie de mettre fin à ses jours. Et s'il passe à l'acte, je ne me le pardonnerai jamais. D'autant que je sais quel sort m'attend dans ce cas-là. C'est hors de question ! Je dois sauver Jérémy pour sauver ma peau. Nos destins sont liés, qu'il le veuille ou non !

— Attendez ! Vous ne pouvez pas abandonner comme ça. Après tout, vous n'avez rien entrepris pour retrouver Serena, n'est-ce pas ?

— Non, je vous ai expliqué que je n'ai aucun moyen de la retrouver.

— Vous, non, mais d'autres peut-être.

— Je ne vous suis pas.

— Serena prend peut-être le train à un autre horaire que le vôtre, ou un autre jour.

— Ça m'étonnerait…

— Oui, mais, c'est envisageable, n'est-ce pas ?

— Admettons. Mais alors pourquoi ne pas me l'avoir dit ? Elle pouvait m'appeler.

— Je n'en sais rien, mais il doit y avoir une raison, une explication logique !

— J'en doute, avec la chance que j'ai…

— Arrêtez donc de vous lamenter ! Voilà mon plan. Vous allez lui écrire une lettre que vous afficherez dans la gare et dans le train. Vous lui dites qu'elle vous manque, que vous pensez à elle sans arrêt, que vous l'aimez, que la vie sans elle n'a pas de sens. Ouvrez-lui votre cœur ! Et au cas où une personne la connaîtrait ou saurait où elle se trouve, vous indiquez bien votre nom et votre numéro de téléphone.

— Vous êtes en plein délire !

— Pourquoi ?

— Parce que je n'oserai jamais ! Vous imaginez ce que les gens vont penser de moi ? Je vais leur faire pitié avec mes pauvres affiches. C'est au-dessus de mes forces.

— Vous êtes en train de me dire que vous êtes tombé fou amoureux d'une fille, qui est peut-être votre âme sœur, et que vous allez renoncer à la retrouver juste à cause de votre timidité et du qu'en-dira-t-on, c'est bien ça ?

— Exactement, conclut-il en raccrochant.

Comment peut-il passer à côté d'une si belle occasion d'être heureux ? Quand on aime véritablement quelqu'un, on peut soulever des montagnes et même être prêt à donner sa vie pour lui, non ? S'il n'a plus la force d'essayer, je crains qu'effectivement, tout ne soit fichu pour lui… et pour moi.

Oh, Paul. Et si je ne te revoyais jamais ?

15

J-9

QUAND je suis rentrée, hier soir, mes grands-parents n'étaient pas à la maison. Ils m'avaient laissé un mot :

> «*Nous sommes partis rendre visite à des amis de longue date qui ne vont pas bien. Reste aussi longtemps que tu le souhaites. On revient dans quelques jours.*»

Je ne sais pas à quels amis ils faisaient allusion, ni quel est leur problème, mais j'avoue avoir suffisamment de soucis à régler de mon côté pour m'en préoccuper.

En ouvrant les volets ce matin, je suis surprise de ne pas voir l'extrémité du jardin, recouverte d'une nappe de brouillard cotonneux. C'est assez inhabituel dans cette région que le mistral balaie régulièrement. Les cigales se sont tues, et les oiseaux ne semblent pas encore éveillés. Tous les sons familiers sont assourdis, ce qui confère une atmosphère irréelle au paysage.

Je m'installe sur la terrasse pour y boire mon thé, le châle de mémé Jeanne recouvrant mes épaules. L'appel de Ninon m'extirpe de ma solitude.

— Juliette ! Comment allez-vous ?

Pas très bien. Je me force pourtant à répondre :

— Ça va, merci. Et vous ? Quelles sont les nouvelles ?

— J'ai discuté avec mon père. Comme je le supposais, il n'a aucune idée de ce que signifient les mots de Mamily. Il n'a même pas voulu y réfléchir, à vrai dire. Il m'a envoyé balader, en me reprochant d'accorder trop d'attention aux paroles d'une vieille femme sans cœur.

— Ce sont les mots qu'il a prononcés ?

— Au mot près. Mon père a toujours eu des rapports difficiles avec sa mère. Il pense qu'elle ne l'a jamais aimé, sans que je sache pourquoi. Les rares fois où il me parle d'elle, j'ai l'impression que c'est une autre personne. Pour moi, Mamily est une femme aimante et généreuse.

— Elle ne vous a jamais expliqué pourquoi son fils lui en voulait ?

— Chaque fois que j'essayais de lui en parler, elle changeait de sujet. Quand je pense qu'elle va partir sans qu'ils se soient expliqués.

Encore une fois, le souvenir de mon rêve me revient en pleine face, sans crier gare.

Mon seul regret, c'est de ne pas pouvoir parler à Paul avant de partir. Ce besoin pressant, irrésistible, de lui dire ce que je ressens, ma volonté sans faille de tout donner pour survivre tant que je ne l'aurai pas revu, pour vaincre les épreuves, quoi qu'il advienne.

— C'est certainement ce qui la retient.

— Vous pensez ?

— Cela me retiendrait, moi, dis-je d'une petite voix. Je ne voudrais pas partir fâchée avec mon enfant.

Ou avec mon mari.

Raison de plus pour faire mon possible pour aider Ninon.

— Vous avez peut-être raison, répond-elle, songeuse. Mais mon père refuse de lui parler. Il dit qu'il est trop tard pour réécrire le passé.

Mon espoir tombe en miettes, écrasé sans pitié. Au bout du fil, j'entends la respiration de Ninon qui s'accélère, comme si elle essayait de retenir ses sanglots.

— Comment va Rose ? lui demandé-je doucement.

— Pas très bien. Ce matin, elle n'a prononcé que deux mots : poudreuse et lilas.

— Cela vous évoque quelque chose ?

— Pas du tout. Elle détestait la neige et le froid, ça ne peut pas être ça…

— Et les lilas ? Peut-être qu'elle aimait leur parfum ? Ou votre père ?

— Je n'en sais rien. Je crois qu'il y en avait dans la rue où elle habitait quand j'étais petite, mais ils ont gelé dans les années 2000 et ils sont morts…

— Vous pensez qu'elle faisait allusion à cette maison ?

— Mais non, je suis bête ! Elle a déménagé et habitait 38, avenue des Lilas, à Cassis, avant d'être placée en maison de retraite !

— Vous avez les clés ?

— Oui, j'ai un double. Mais je ne vois pas ce que je pourrais y trouver, à part de vieux papiers et beaucoup de poussière…

— Ça vaut le coup d'essayer, non ? Tout ce qui nous permettra de mieux la comprendre peut être utile. Nous pourrions bien découvrir ce qu'elle vous cache.

— C'est vrai. (Elle marque une pause, puis demande d'une petite voix :) Vous voulez bien venir avec moi ? On ne sera pas trop de deux.

J'acquiesce, même si je ne suis pas tellement d'humeur à fouiller dans les affaires poussiéreuses d'une inconnue.

En même temps, l'effort est minime, si ça me permet de revoir Paul un jour…

En raccrochant, j'avise la voiture de mes grands-parents garée devant la maison. Ils ont dû partir en train. Ce n'est pas dans leur habitude, mais, avec l'âge, conduire devient de plus en plus dangereux ; je suis heureuse qu'ils aient évité un long trajet. Sans compter que leur voiture va m'être très utile !

Une heure plus tard, je retrouve Ninon devant une maison passablement défraîchie. Le petit jardin qui nous accueille semble avoir été laissé à l'abandon depuis plusieurs années. Ninon pousse la porte d'entrée, qui grince sur ses gonds. Une odeur de renfermé nous prend à la gorge.

— On cherche quoi, au juste ? me demande-t-elle en promenant son regard sur le guéridon verni et les bibelots poussiéreux du vestibule.

— J'avoue que je n'en sais rien. Des coupures de journaux, des photos, un journal intime ? Ce genre de choses… Savez-vous où elle aurait pu ranger cela ?

— Dans sa chambre, j'imagine.

Elle emprunte le couloir, à l'extrémité duquel trône un miroir au verre piqueté surplombant un vieux poêle à bois. Elle pousse une porte sur la gauche, ouvre les fenêtres pour laisser passer la lumière et l'air frais. La chambre ressemble à celle d'une poupée avec son papier peint à petites fleurs, sa cheminée dont le manteau est recouvert de cadres photo en argent, sa petite table basse et ses figurines en biscuit, le lit recouvert d'une courtepointe rose pâle. À côté, un petit meuble à tiroirs fait office de table de chevet. Ninon les ouvre et y découvre quelques boîtes de médicaments, un roman de Mary Higgins Clark, un mouchoir en tissu, un masque de nuit, et des fleurs séchées entreposées entre des feuilles de papier buvard.

— Il n'y a rien d'intéressant, par ici...

De l'autre côté de la chambre, une étagère accueille une bonne centaine de livres, anciens pour la plupart, si j'en juge leur dos ouvragé et élimé. J'ai toujours aimé ces vieux livres, leur parfum si particulier, la couleur vieil or de leurs pages et la délicatesse de leur couverture. Hemingway, Stendhal, Proust, Céline, Maupassant... Je pourrais passer des heures à les contempler, à imaginer les personnes qui les ont lus, au fil des générations, à sentir le papier glisser sous leurs mains.

Je passe un index sur leur dos pour sentir les lettres d'or gravées, comme si je pouvais les lire par le toucher. Je ne sens rien. J'accentue la pression de mes doigts, mais la perception du toucher est quasi inexistante. Je ne ressens que des fourmillements diffus. Je frotte alors mes mains l'une contre l'autre pour retrouver la sensation familière mais, là encore, je ne perçois qu'une caresse évanescente. Mes pensées flottent, tout aussi insaisissables, sans parvenir à se fixer.

— Je crois qu'on ne trouvera rien dans cette pièce, on devrait aller voir dans le salon, me dit Ninon, qui ne s'est aperçue de rien.

Je la suis machinalement dans le couloir et, d'un air distrait, la regarde ouvrir la porte en fer forgé qui donne sur le salon. À mesure que je fixe mon attention sur elle, mes pensées s'éclaircissent, mes sensations reviennent.

— Tout va bien ? demande-t-elle, remarquant mon temps d'arrêt.

J'esquisse un pâle sourire.

— Tout va bien. Juste un malaise passager, mais ça va déjà mieux.

Elle sourit, rassurée, tandis que je recouvre mes esprits.

Bien, concentre-toi, Juliette. Si tu étais Rose et que tu voulais conserver une chose précieuse que tu ne voudrais pas qu'on trouve par hasard, où la cacherais-tu ? Dans ta chambre ? Hum... Trop facile. Je choisirais un endroit plus inhabituel, plus intime. *À droite*, me murmure une petite voix. J'ouvre la porte de droite et tombe sur une sorte de boudoir, avec de grands miroirs ovales placés l'un en face de l'autre, pour que l'on puisse se voir de dos. Sur la tablette de la coiffeuse, des flacons de parfum, des barrettes, des pots de crème, une brosse et un peigne au manche nacré, et un poudrier. « *Un poudrier sur une poudreuse.* » Je me souviens alors que Suzon, mon arrière-grand-mère maternelle, avait, elle aussi, ce genre de coiffeuse et qu'elle l'appelait une poudreuse. « *Un poudrier sur une poudreuse pour se pomponner et se farder* », aimait-elle me chantonner quand je lui rendais visite dans mon enfance. Elle me faisait asseoir sur le fauteuil en velours et tressait mes cheveux en nattes qu'elle fixait avec des liens de satin. Elle terminait en déposant sa houppette de poudre sur le bout de mon nez et affirmait que j'étais « *la plus belle pour aller danser* ». J'avais complètement oublié ces moments passés en sa compagnie. Des moments qui ne se sont pas souvent reproduits, puisqu'elle est décédée avant que j'aie atteint mes neuf ans.

Si Rose a prononcé le mot « poudreuse », ce n'est certainement pas un hasard. Les gonds sur la tablette m'indiquent qu'elle doit se relever.

— Vous avez trouvé quelque chose ? me demande Ninon que je n'avais pas entendue arriver.

— Oui ! La poudreuse ! je lui réponds, pas peu fière. Regardez sous la tablette.

Elle place délicatement les produits cosmétiques sur le fauteuil et redresse la tablette. En dessous, un tiroir assez profond contient un album photo, deux cahiers et un tas de lettres et d'enveloppes jaunies par le temps regroupées par un ruban en velours.

— Incroyable ! s'exclame Ninon. J'ai passé des heures à jouer ici, et j'ignorais totalement la présence de ce tiroir. Comment avez-vous fait ?

— Je n'ai aucun mérite, j'ai toujours eu beaucoup d'intuition, fais-je en repensant à mes chers clients de la librairie.

Elle serre les lettres contre son cœur, des larmes dans les yeux.

— Vous ne voulez pas en lire une ?

— Je ne sais pas. J'ai l'impression d'être une voyeuse, de m'immiscer dans la vie de Rose alors qu'elle est toujours parmi nous. Ce ne serait pas très correct.

— Si elle vous en a parlé, c'est sûrement parce qu'elle souhaitait que vous appreniez ce qu'elles contiennent.

— Et si je me trompais, et qu'elle était juste en train de délirer ?

— C'est possible, dis-je avec douceur. Mais je ne pense pas qu'elle vous en voudra d'avoir cru pouvoir l'aider.

— Je suppose que vous avez raison.

Ninon défait précautionneusement le nœud de velours et déplie la lettre qui se trouve au-dessus du paquet. Le papier est assez fin et jauni, mais en bon état. L'écriture manuscrite est déliée et soignée. Ninon commence à lire.

«*Le 7 juillet 1946,*

Ma tendre maman chérie,

Je suis navrée de ne pas t'avoir répondu plus tôt, mais j'ai eu quelques soucis de santé. Rien de grave, rassure-toi, une mauvaise toux qui m'a néanmoins clouée au lit pendant quelques jours. Tony était absent, comme à l'accoutumée, et j'ai eu toutes les peines du monde à m'occuper de Loulou. Heureusement, le petit ange a été un amour! Figure-toi que, du haut de ses huit ans, mon adorable fils m'a préparé une orangeade, et il a approvisionné notre poêle en bois, tant que je ne pouvais pas me lever. Quand je te dis que cet enfant est tombé du ciel. Je crois qu'aucune maman au monde ne peut être plus heureuse que moi. Je prie pour que Tony me laisse venir te rendre visite et que tu puisses le revoir. Il a tellement grandi, tu n'en reviendras pas. Je crois bien que, pour la stature, il tient de son père. J'ose espérer que la transmission de ses gènes s'arrêtera là… »

Ninon interrompt sa lecture et retourne la lettre, signée :

« *Ta petite Rose qui t'aime si fort.* »

— Je ne comprends pas, murmure-t-elle.
— Quoi ?
— Ce Tony et son fils, Loulou…
— Ce seraient votre grand-père et votre oncle ?
— Je ne crois pas. Je n'ai jamais entendu parler d'eux.

16

Paris – mai 2013

— C'est pour offrir ?

La jeune femme attend ma réponse avec un sourire crispé.

— Oui.

Elle emballe les petits chaussons blancs ornés de papillons argentés dans du papier cadeau. Je sors de la boutique en glissant le paquet dans mon sac à main. C'est ma dernière chance, notre dernière chance.

Arrivée au parc de Belleville, je m'assieds sur un banc, face à l'aire de jeux. Les enfants courent dans tous les sens en poussant de grands cris. Là-bas, une petite fille tortille une de ses couettes entre ses doigts en observant cette foule bruyante avec un mélange d'envie et de crainte. À côté, un petit garçon montre à sa mère son genou écorché en tentant de retenir ses larmes. Et, plus loin, un papa pianote sur son téléphone pendant que sa fille lui parle avec de grands gestes, sans doute pour attirer son attention.

Moi, quand je serai maman... Combien de fois me suis-je répété ces mots ? Combien de fois ai-je imaginé quelle mère merveilleuse, aimante, bienveillante, autoritaire mais pas trop, joueuse et inspirante, je serais, un jour ? Combien de fois ai-je maudit ces femmes qui déambulent en caressant leur ventre rond, comme pour narguer celles qui restent plates et désespérées ?

Cela fait trois ans que nous cherchons à avoir un enfant. Au début, nous avons pris les choses avec légèreté. Les premiers mois ont été les plus torrides et sensuels de notre vie commune. Mais, à chaque nouveau cycle, à chaque test de grossesse négatif, l'inquiétude gonflait et les larmes se déversaient. J'appréhendais d'aller aux toilettes de peur d'y voir la trace d'un nouvel échec. J'étais sur les nerfs en permanence et la moindre contrariété me rendait agressive. Paul encaissait et se montrait compréhensif mais, en voulant éviter de me perturber, il devenait de plus en plus silencieux. Nos relations ont commencé à devenir tendues. Mes amies me conseillaient de ne pas m'inquiéter, me répétaient que c'était complètement normal, que la plupart des couples mettaient dix-huit mois avant de concevoir un enfant et elles affirmaient que je devais « rester positive si je voulais y arriver ». Comme si je ne le voulais pas vraiment, comme si c'était moi qui empêchais ce bébé de venir. Alors, je taisais mes doutes et mes angoisses, je me contentais de serrer les mâchoires et de sourire quand on me demandait : *« Alors, c'est pour quand ? »*

Je me raccrochais à tous les signes que je m'inventais. Si mon regard tombait par inadvertance sur 11:11 ou sur 22:22 sur le réveil, si le feu passait au vert avant que j'aie eu le temps de compter jusqu'à cinq, si je voyais une plume voler dans le ciel, si je croisais la route d'un chat noir, alors mon bébé arriverait le mois suivant. Mais les signes n'avaient apparemment pas compris la règle du jeu.

Je soupçonnais qu'il y avait un problème, mais Paul n'était pas de cet avis. Il me répétait que nous n'étions pas pressés, que le bébé viendrait à son heure. Bizarrement, il se sentait soudain « très fatigué » pendant mes périodes d'ovulation. Son attitude me rendait folle et je commençais à douter très sérieusement de son envie de devenir père. Je faisais tout pour éviter les disputes, histoire de « rester positive », mais elles éclataient néanmoins régulièrement, provoquées par des broutilles, un haussement de sourcils que je jugeais lourd de sens ou l'absence du mot qu'il aurait dû me dire s'il m'aimait vraiment. L'ambiance était orageuse et nos réconciliations sur l'oreiller, auxquelles je consentais pendant cette période, devenaient notre planche de salut.

Au bout d'un an, mes vœux ont enfin été exaucés : le test a été positif ! J'en ai fait quatre pour être certaine du résultat. Quand je le lui ai annoncé, Paul en a eu les larmes aux yeux et m'a serrée dans ses bras. Je n'en revenais pas ! Ma vie s'est rallumée, le soleil s'est remis à briller et j'ai recommencé à sourire. Je calculais ma date d'accouchement, notre premier Noël à trois, ses premiers pas au printemps et son anniversaire juste après le mien. J'avais déjà projeté dans mon cœur le film de sa première année de vie.

Nous étions toujours dans le même état d'excitation lors de ma première échographie de contrôle, le sourire cramponné à notre visage. Je scrutais l'écran en me demandant pourquoi le gynécologue ne commentait pas ce qu'il voyait. Il a fini par nous annoncer que le cœur ne battait pas, que le fœtus ne s'était pas développé comme il le fallait. Il a ajouté qu'on appelait cela un œuf clair ; j'ai détesté ce nom. Mon bébé n'avait rien à voir avec un œuf de poule ! Il nous a expliqué qu'il était préférable que la gestation se soit arrêtée à ce stade car, dans le cas contraire, le fœtus aurait pu se développer avec de graves malformations. Paul a répondu « *Oui, en effet* ». Je l'ai détesté pour ça.

Après tous ces mois d'attente, j'aurais préféré que mon bébé se développe, même s'il devait naître avec une malformation ou un handicap. Je suis sortie du cabinet avec le cœur éteint de n'avoir pas entendu battre celui de mon bébé. J'ai pleuré pendant une semaine. Paul n'a pas compris, il me répétait que c'était mieux ainsi. Et puis il a ajouté : « *Je n'aurais pas supporté d'avoir la charge d'un enfant handicapé.* » Je suis retournée dans mon univers fantomatique, avec mes espoirs piétinés, mes rêves estropiés, et mes regrets à fleur de peau.

Trois mois plus tard, me voyant toujours aussi déprimée, il a fini par accepter de consulter un spécialiste. Les résultats de nos examens n'ont révélé aucune anomalie sur le plan médical. Mon gynécologue m'a fait comprendre que nos échecs pouvaient être causés par une stérilité psychogène, une sorte de blocage psychologique certainement amplifié par ma fausse couche, et qu'il nous fallait être patients. J'ai cru devenir folle en entendant ce diagnostic. Lui aussi me laissait entendre que nous pouvions être à l'origine, plus ou moins consciemment, de cette infertilité ! Ne voyait-il pas que je déclinais un peu plus chaque mois ? Ne comprenait-il pas que c'était ce genre d'insinuations qui me minaient en me laissant penser que je n'étais pas assez stable émotionnellement pour que mon corps consente à héberger un fœtus ?

Pourtant, je me suis interrogée, j'ai essayé de me trouver des raisons inavouées de ne pas avoir d'enfant, d'éventuels traumatismes que j'aurais occultés. Je ne trouvais aucune piste, aucune réponse, pas l'ombre d'un indice. Je voulais cet enfant plus que tout, consciemment et inconsciemment, point barre.

Je pensais souvent à cet être qui avait commencé à nicher en moi et dont le développement s'était arrêté net. Dans ma tête coexistaient deux histoires : la première était celle de ce presque bébé que mon inconscient continuait de faire vivre dans un futur proche, et la seconde dans laquelle il n'y en avait aucun, où les prochains mois s'annonçaient aussi vides et tristes qu'un désert. Je devais sans cesse rappeler à mon inconscient que non, la première histoire n'était qu'un fantasme, une projection illusoire.

J'ai essayé d'expliquer à Paul ce mécanisme insupportable de mon esprit, en espérant que ses connaissances du fonctionnement du cerveau me permettraient de déjouer ce piège, mais il s'est contenté de me répondre : « *Je sais que c'est dur, Juliette. Mais tu dois tourner la page, pour toi comme pour moi. Ressasser le passé ne nous aidera pas.* » Je n'ai pas compris, à l'époque, que lui aussi souffrait et qu'il avait besoin de faire son deuil. Ce que je prenais pour du désintérêt et de la froideur n'était autre que la distance dont il avait besoin pour continuer de vivre. Nous ne nous comprenions plus… Chacun de nous trop enfermé dans sa peine, pour être capable d'écouter l'autre.

Alors, j'ai arrêté de chercher à lui parler, à lui expliquer ce que je ressentais.

Un beau matin, je suis tombée inanimée au milieu de la cuisine. Paul m'a aidée à reprendre conscience et a conclu à un malaise vagal. Il m'a néanmoins demandé de faire des analyses de sang qui n'ont rien révélé de grave, si ce n'est un taux de fer et de glycémie bien trop bas. J'avais perdu beaucoup de poids sans que nous l'ayons remarqué, ni lui ni moi. Cela a été pour lui comme un électrochoc. Le premier, il est sorti de sa bulle protectrice et a tendu la main vers moi, déterminé à m'aider à quitter la mienne.

Il a convaincu un collègue obstétricien de passer à la procréation médicalement assistée. Examens à n'en plus finir, injections d'hormones, stimulation ovarienne, puis insémination artificielle et enfin fécondation *in vitro*. Et puis rien. Si ce n'est une dizaine de kilos en plus, un visage bouffi et des cernes aussi sombres que mes pensées. À la librairie, mes collègues et Stéphane étaient au courant de ma situation et ils évitaient de me poser des questions.

Nous avions déjà tenté trois FIV, suivies de trois immenses déceptions, mordant chaque fois un peu plus dans mon cœur à vif. Je ne souriais plus, je refusais toutes les invitations ou autres frivolités qui m'auraient détournée de mon obsession. J'avais l'impression d'être complètement morte à l'intérieur, de ne pas être une femme digne de ce nom, une incapable, une moins que rien. Mais le pire est arrivé un soir, sans prévenir. Paul m'a demandé de m'asseoir dans la cuisine.

— Écoute, Juliette, je ne supporte plus de te voir souffrir ainsi, ça me tue à petit feu. Je sais que tu veux ce bébé plus que tout, mais je refuse de l'avoir au détriment de ta santé physique et de ton moral. Je me demande si le jeu en vaut la chandelle. Je crois sincèrement que nous ne devrions pas insister davantage. C'est peut-être un signe du destin pour nous indiquer que notre vie serait plus heureuse sans enfants. Ou alors qu'il serait préférable d'en adopter un qui n'a pas la chance de vivre au sein d'une famille, tu ne crois pas ?

Ses mots ont tranché mon cœur en deux. Je n'arrivais pas à comprendre qu'il baisse les bras aussi vite, qu'il n'ait pas assez de force et de détermination pour continuer encore et encore, que son amour pour moi et pour la famille que nous pourrions former ne soit pas assez puissant pour surpasser ses doutes et ses croyances stupides. J'ai commencé à me demander s'il était vraiment l'homme solide et déterminé que je croyais qu'il était. Je me sentais seule au monde, au côté d'un homme qui préférait quitter le navire à la moindre difficulté, et devant renoncer à la perspective qu'un enfant grandisse dans mon ventre.

Je suis alors partie passer quelques jours chez mes parents, à Nice. Je n'ai pas beaucoup vu la plage, ni les palmiers. J'ai dormi et pleuré pendant plusieurs jours. J'ai réfléchi, longuement. À Paul, à moi, à l'enfant que nous n'aurions jamais. Notre amour serait-il capable d'y survivre ? N'étions-nous pas déjà trop éloignés pour cheminer encore ensemble ? Et pourtant… si je ne pouvais avoir d'enfant, comment y survivrais-je sans l'amour de ma vie à mes côtés ?

Avant de rentrer chez moi, maman m'a dit :

— L'espoir ne meurt que si on le fait mourir !

Et l'espoir n'est pas mort en moi. Pas encore.

Ce soir, j'ai préparé un dîner aux chandelles, j'ai mis la robe qu'il préfère, chaussé mes escarpins rouges (en essayant de ne pas penser à mes orteils disgracieux) et accroché un sourire sur mon visage. Comme le disait mamie Denise, on n'attrape pas les mouches avec du vinaigre. Quand il me rejoint après sa garde et s'assied devant moi, je remarque les rides qui se sont formées autour de ses yeux gris, la barre qui s'est incrustée sur son front et les cheveux gris qui se sont logés sur ses tempes. Je me souviens alors que lui aussi souffre de cette situation, lui qui a fait le serment de préserver la vie de ses patients et qui ne parvient pas à la donner à son enfant.

Je m'efforce de discuter de sujets anodins, du temps qu'il fait, des personnes insolites que j'ai rencontrées à la librairie, je lui demande de me donner des nouvelles de ses collègues, de me parler de ses patients. J'essaie de rire à ses plaisanteries, de garder mon sourire, d'être aussi pétillante et insouciante que lorsque nous nous sommes rencontrés. Mais Paul n'est pas dupe bien longtemps.

— Dis-moi à quoi tu penses, Juliette.

Aucun mot n'accepte de franchir mes lèvres. Alors, je lui donne mon paquet enrubanné. Il le déballe et déplie la lettre que j'ai glissée sous le ruban.

> Mon amour, je sais que toutes nos tentatives pour fonder une famille t'ont blessé autant que je l'ai été. Je comprends ton envie de passer à autre chose, de reprendre une vie normale, loin des hôpitaux et des examens qui nous minent. Mais je ne peux m'empêcher de me dire qu'il nous reste une chance, une dernière chance de pouvoir passer ces chaussons aux pieds de notre bébé. Accorde-nous cette chance. Si les étoiles sont avec nous, elles nous offriront ce cadeau. Dans le cas contraire, je te promets d'en prendre mon parti et de renoncer à la PMA. Nous laisserons faire la nature, le destin, la vie, notre vie. Car je sais que notre amour sera plus fort que tout.

Il lève les yeux vers moi. J'essuie les larmes qui ont ravagé mon maquillage.

— Tout ce qui compte pour moi, c'est que tu sois heureuse, commence-t-il avec un sourire. Et je ne crois pas que tu le sois en ce moment. Pas plus que tu ne le seras si tu continues à essuyer des échecs. Mais tu m'as demandé une dernière chance et je serais cruel de te la refuser. À condition que tu me promettes de nouveau que nous envisagerons de fonder une famille d'une autre façon si cette dernière tentative échoue.

— Je te le promets.

Quatre mois après ce dîner au restaurant, nous avons rendez-vous à l'hôpital pour connaître les résultats de notre quatrième fécondation *in vitro*. J'ai brûlé tous les cierges de l'église alors que je n'y mets jamais les pieds, imploré tous les saints de ma connaissance, confectionné deux gris-gris porte-bonheur, et dessiné une centaine de trèfles à quatre feuilles sur les pages de mon agenda. Paul tient ma main dans la sienne et sa chaleur me réconforte un tout petit peu. Je lis dans ses yeux les mêmes espoirs que les miens. Jusqu'à ce que le gynécologue se tourne vers nous et secoue la tête, l'air désolé.

Je me souviens alors d'une des phrases fétiches de pépé Jules: *«Ne te fais pas des nœuds au ciboulot, peuchère, tout ce qui ne te tue pas te rend plus encore plus fortiche!»*

En montant dans notre voiture, j'embrasse Paul avant de le serrer dans mes bras et de lui murmurer à l'oreille:

— Si ce bébé n'est pas encore prêt à nous rejoindre, nous devons lui laisser du temps. En attendant, nous allons continuer à vivre et nous créer la plus belle des vies possible. Toi et moi.

— Tu crois qu'on y arrivera? chuchote-t-il avec un sanglot dans la voix.

— On y arrivera. Parce qu'il n'y a pas plus fortiches que nous!

Malgré tout, la fortiche que j'étais n'a pas réussi à contenir ses larmes très longtemps. Paul conduit la voiture jusque chez nous et me demande de l'attendre un instant devant l'appartement. Il en ressort une vingtaine de minutes plus tard en portant un grand sac de voyage qu'il dépose dans le coffre. Puis, il me sourit sans rien dire et fait démarrer la voiture. Je ne lui demande pas ce qu'il manigance. J'ai juste envie de lui faire confiance et de laisser ma surprise me distraire de ma tristesse.

Il roule ainsi jusqu'à l'aéroport de Roissy. Je hausse les sourcils, mais je reste silencieuse. Arrivés dans le hall des départs, il me demande où je veux aller. Je réponds:

— Dans un endroit chaud, un endroit magique, un endroit où nous serons seuls au monde.

— OK. Attends-moi là, mon amour.

Il se dirige vers le comptoir d'Air France et je l'entends demander à l'hôtesse quel est le prochain départ pour un endroit chaud, un endroit magique, un endroit où nous serions seuls au monde. L'hôtesse affiche un air surpris qui m'arrache un petit rire, mais elle joue le jeu. Après lui avoir posé quelques questions, elle lui tend deux billets.

Jusqu'au décollage de l'avion, il place ses mains sur mes oreilles pour que je n'entende aucune indication sur notre destination. La chaleur de ses mains autour de mon visage m'apaise et je m'endors dans ses bras.

— Juliette, nous sommes arrivés.

— Où sommes-nous ?

— En Crète ! me répond-il en m'embrassant.

Quelques heures plus tard, nous nous retrouvons assis autour d'une table, sur une terrasse surplombant la Méditerranée. Le soleil nous inonde de ses derniers rayons. Paul lève sa coupe de muscat de Samos et nous trinquons ensemble.

— Tu es un magicien, lui dis-je, la gorge serrée par l'émotion.

— Et toi, tu es la femme de ma vie, Juliette. Aucun bébé au monde ne pourra me combler davantage que la perspective de finir mes jours avec toi. Notre bébé, ce qui nous unit toi et moi, ce que nous avons construit, c'est un trésor inestimable, c'est un concentré de bonheur qui me met en joie chaque matin, c'est le sang qui coule dans mes veines, c'est l'air qui emplit mes poumons. C'est ce qui me fait vivre, tout simplement.

Il se lève et me serre dans ses bras. Et tandis qu'il m'embrasse avec passion, le soleil emporte une partie de mon chagrin dans les profondeurs de la mer.

Pourtant, une partie de mon cœur continue à saigner en silence. Je n'en dirai jamais rien à Paul, car je sais qu'il ne le comprendrait pas. J'essaie de ne pas lui en vouloir, d'accepter qu'il ne ressente pas ce besoin dans ses tripes, dans son corps, là où le mien me rappelle chaque mois qu'il est désespérément vide. Comme je suppose qu'il essaie de passer outre le fait qu'il s'est uni à une femme qui n'en est pas tout à fait une, en fin de compte.

Je sais que le secret est le poison du couple. Mais certains d'entre eux en sont l'antidote.

17

J-9

Ninon est rentrée chez elle avec les lettres, les cahiers et les albums photo. J'espère que l'étude de ces documents lui permettra de comprendre pourquoi Rose s'accroche autant à la vie malgré ses souffrances.

Je sens la cascade crépiter dans mon dos tandis que mon regard se perd dans les eaux bleu nuit de la Méditerranée. Mes secrets n'ont pas joué leur rôle d'antidote, finalement. Ils ont creusé un fossé entre nous, rempli du sable des non-dits, des reproches et des regrets. J'ai eu tort, je le comprends maintenant. Les secrets ont, semble-t-il, empoisonné la vie de Rose et il est possible qu'ils la suivent dans la tombe. Je ne veux pas qu'il en soit de même entre Paul et moi. Si je dois mourir bientôt, je refuse que ces poisons ternissent notre histoire et le souvenir qu'il gardera de moi. Dès que je rentrerai chez mes grands-parents, j'écrirai un e-mail à Paul pour lui expliquer ce que j'ai ressenti à ce moment-là et que mes silences sont en partie la cause de notre éloignement. Je lui dirai que j'aimerais reconstruire notre relation sur des bases plus saines, plus sincères, plus solides. Je lui annoncerai que je suis prête à adopter un enfant et à lui procurer les stocks d'amour que j'ai emmagasinés pour lui depuis des années.

Mon téléphone sonne, interrompant mes réflexions. C'est Jérémy.

— Juliette ? Je ne sais pas. Enfin, peut-être que si ! Mais si elle ne… Ou alors, je pourrais faire comme si et…

— Attends, Jérémy ! Une minute, je ne comprends pas un mot de ce que tu me racontes.

Je l'ai tutoyé spontanément et il me répond de la même façon.

— Voilà, j'ai bien réfléchi et finalement, j'ai suivi tes conseils. J'ai écrit une lettre à Serena.

Je souris, émue. Jérémy a beau être encore jeune, on dirait qu'il a compris certaines choses bien plus vite que moi.

— Vraiment ? Et que lui as-tu dit ?

— Je vais te la lire :

Serena, la première fois que je t'ai vue dans ce train, j'ai été subjugué par tes yeux verts parés de paillettes dorées, par ta bouche qui ressemble à une cerise et par tes longs cheveux roux qui te servent de paravent quand tu lis. Puis, nous nous sommes parlé et j'ai compris que tu étais bien plus qu'une jeune femme sublime. Tu es une muse, une fée, une déesse, une magicienne. Tu as transformé ma vie limpide en une explosion de parfums, en un feu d'artifice perpétuel, en une douce rosée qui a pansé mes fêlures, en un lac aux eaux turquoise sur lequel j'aurais bien volontiers flotté avec toi pour toujours.

Mais tu as disparu un beau jour et le soleil qui illuminait ma vie s'est éteint avec toi.

Où es-tu Serena ? Pourquoi as-tu disparu de ma vie ? Pourquoi ne réponds-tu plus à mes appels ? Pourquoi ?

Ne me laisse pas dans l'ignorance, ne serait-ce qu'en souvenir des moments merveilleux que nous avons partagés. Je veux être sûr que tu vas bien, qu'il ne t'est rien arrivé de grave. Je veux savoir pourquoi l'avenir que nous avions commencé à dessiner ensemble s'est effacé aussi subitement.

Réponds-moi, je t'en supplie.

Jérémy

P.-S. : Si vous avez des informations concernant Serena T., vous pouvez me contacter à cette adresse mail : Jeremydutrain@gmail.com. Merci du fond du cœur.

Il reste silencieux, mais je perçois son émotion de l'autre côté du combiné.

— C'est merveilleux Jérémy. Je suis fière de toi. Tu as trouvé le courage de laisser tes émotions s'exprimer.

— J'ai affiché cette lettre il y a deux jours dans les gares où elle est susceptible de prendre le train et dans les TER. J'ai essayé d'être le plus discret possible pendant mes séances d'affichage sauvage, je n'avais pas envie qu'on se moque de moi.

— J'espère que ça va marcher !

J'ai envie d'y croire, au fond de moi. Si Jérémy peut retrouver Serena en lui ouvrant son cœur… Peut-être qu'il n'est pas trop tard pour que je retrouve Paul, moi aussi ?

— Attends ! Tu ne vas jamais le croire ! C'est absolument dingue. J'ai découvert par hasard que ma lettre avait été photographiée et partagée un nombre incalculable de fois sur les réseaux sociaux. Les gens se disent émus par ma recherche et les commentaires étaient majoritairement très positifs. Personne ne s'est moqué de moi, à part deux ou trois anonymes. Mais je m'en fiche. On a même créé deux hashtags #OùestSerena et #Jérémydutrain.

— C'est génial ! J'aurais dû penser aux réseaux sociaux…

— J'ai reçu plusieurs e-mails ces derniers jours. Ce sont pour la plupart des messages d'encouragement, mais il y a même des filles qui m'ont écrit pour me dire qu'elles trouvaient ma démarche très romantique et que si je ne retrouvais pas Serena, je pouvais les appeler. L'une d'elles m'a même envoyé une photo de sa poitrine ! s'exclame-t-il en riant.

— Je comprends pourquoi tu es si joyeux !

— Non, ce n'est pas ça ! J'ai reçu un message d'une fille qui prétend la connaître. Ce serait sa cousine. Elle m'a demandé si elle portait un bracelet à breloques et des boucles d'oreilles en forme de papillon.

— Et alors ?

— Alors, c'est elle ! C'est bien Serena !

— C'est génial ! Alors, où est-elle ?

— Elle est partie rendre visite à une amie à Londres. Sans me prévenir.

Il déglutit. N'importe qui en conclurait qu'elle a rompu, qu'elle ne veut plus entendre parler de lui. Mais il y avait cette alchimie, entre eux ; leur amour commun pour les livres, tout ce qu'ils ont partagé autour… Quelque part, je suis certaine qu'il y a plus que ça. Autant que je l'étais lorsque je conseillais le bon livre à un client.

À moins que ce soit simplement mon propre espoir qui parle, par peur de faire face au vide laissé par mes mensonges à Paul… ?

— Tu dois en avoir le cœur net. Avoir une chance de t'expliquer, de comprendre. Elle te doit bien ça. Et puis, Londres, c'est à côté ! À une poignée d'heures de train ou d'avion.

— Je sais… Je n'ai pas l'argent pour me payer ce voyage mais je travaillerai le week-end, s'il le faut. Encore faut-il qu'elle accepte de me parler… Sa cousine m'a expliqué qu'elle avait coupé son téléphone et elle n'a pas voulu me donner son numéro de fixe. Mais elle m'a promis qu'elle allait l'appeler pour lui demander de me contacter. Et maintenant, il ne me reste plus qu'à prier ! Tu prieras avec moi ?

— Évidemment ! Je crois aux miracles et je vais prier avec toi pour que celui-ci se réalise.

— Merci, Juliette, tu es un ange ! Si j'arrive à la retrouver, ce sera grâce à toi !

Quand je raccroche, je me dis que cette journée n'aurait pas pu être plus belle !

18

J-6

Je suis si heureuse pour Jérémy ! Il aura au moins une explication au silence soudain de Serena. Et peut-être… peut-être que son histoire d'amour est sur le point de renaître, et je lui souhaite qu'elle devienne aussi belle que celle que je vis avec Paul. Son espoir me rappelle nos bons moments, ces moments si intenses qu'on a vécus tous les deux. Si cette cascade pouvait parler, elle raconterait tous ces moments de plénitude. En redescendant le chemin, je suis attirée par la vue qui donne de l'autre côté, vers les falaises. Je me penche au-dessus du muret pour apercevoir les vagues qui se fracassent contre les rochers, cinquante mètres plus bas. Elles dégagent une écume mousseuse, semblable à de la chantilly. Il me semble que je n'ai qu'à tendre le bras pour la toucher. Je me surprends à prendre conscience que, cette fois, le vide ne m'effraie plus. Il me rassure, d'une certaine façon. Il me fait penser à ce néant qui m'attend peut-être très bientôt. Tout à coup, il ne me paraît plus aussi effrayant.

Mon pied bute sur une pierre. Je me retiens de justesse au muret et m'assieds sur le sol, toute tremblante. Qu'est-ce qui m'a pris de me pencher aussi bas ? J'ai bien failli mourir bêtement alors que tout semble s'arranger pour moi ! Paul aurait été dévasté… Mon malaise s'intensifie ; je m'efforce de respirer calmement pour recouvrer mes esprits.

Le trajet en voiture a fini par chasser mon trouble et mes pensées morbides. En arrivant à la maison, je constate que mes grands-parents ne sont toujours pas rentrés. J'espère que leurs amis ne sont pas trop mal en point. Je déambule dans le jardin en lisant tous les messages rédigés par Jules à l'aide de ses galets : « L'amour a ton visage », « Tu es ce qu'il y a de plus beau sous le ciel », « Vivre sans toi, c'est vivre sans joie ». Je ne me lasse pas de lire ces déclarations d'amour. Quand j'étais plus jeune, elles me mettaient mal à l'aise, j'avais l'impression d'être le témoin d'un sentiment qui aurait dû rester privé. Quand j'ai amené Paul ici, la première fois, il s'est extasié devant ces preuves d'amour.

— Je n'ai jamais rien vu d'aussi beau, m'a-t-il avoué, ému.

Depuis, il regardait mon grand-père comme un héros des temps modernes, un homme qui osait clamer haut et fort ses sentiments, même après cinquante ans de mariage. Quand nous sommes rentrés chez nous, il s'est inspiré de cette jolie manie à sa façon. Comme les galets sont rares à Paris, il s'est mis à m'écrire des mots doux à l'aide de M&M's plats (ceux au chocolat, mes préférés) qu'il collait avec de la gelée de fruits dans des cadres ou sur une assiette. Ensuite, il cachait ses messages dans les recoins les plus inattendus de l'appartement pour que je les découvre par hasard. «*Just U and Me, forever*». «*Always on my mind*», «*I'm the prisoner of your love*», «*U're all I have*», «*U're the rainbow of my life*»… Il préférait utiliser l'anglais, prétendant que cette langue le rendait plus romantique. Il aurait pu me l'écrire en chinois ou en tchèque, cela n'aurait pu me faire fondre davantage. Cent fois, il m'a répété que je pouvais manger les bonbons, qu'il les avait choisis parce qu'il savait que je les adorais, mais je lui répondais que j'adorais encore plus ses petits mots. Aussi, les murs de notre couloir étaient décorés de tableaux et d'assiettes recouverts de M&M's, ce qui ne manquait pas d'amuser nos amis.

Quant à moi, je préférais lui glisser des poèmes de ma création dans une poche de son pardessus, dans la coque de son smartphone, au milieu de ses billets de banque… Je sais qu'il les a tous conservés dans le tiroir de sa table de chevet.

Les relit-il de temps en temps ? A-t-il parfois besoin de se rassurer sur mon amour pour lui ? Peut-être les a-t-il entre les mains en ce moment même, alors que nous sommes séparés par des centaines de kilomètres et des milliers de questions ? Lui apportent-ils les réponses qu'il cherche ?

J'espère que ce sera le cas pour Ninon, qui a placé tous ses espoirs dans les courriers retrouvés chez Rose. Si elle n'y trouve rien d'intéressant, j'ignore de quelle autre façon je pourrais l'aider… Et il ne me reste que six jours pour trouver une solution.

Soudain très impatiente, je compose son numéro sur mon téléphone.

— Ninon, c'est Juliette. Avez-vous lu les lettres de Rose ?

— Oui, à l'instant, répond-elle, la voix chevrotante.

— Et alors ? Que vous ont-elles appris ?

— Je me rends compte que je ne connaissais pas ma grand-mère.

— À ce point ?

— Il vaut peut-être mieux que vous les lisiez vous-même. Je vous envoie les passages les plus importants. Si vous le voulez bien ?

— Bien sûr.

— Il s'agit de lettres que Rose a envoyées à sa mère, Yvonne. Elle a dû les récupérer après sa mort… Mais elle n'a pas gardé les réponses de sa maman.

— Et les photos ? Les cahiers ?

— Ils sont postérieurs à l'événement qui nous intéresse. À part une photo du fameux Loulou.

Quelques minutes plus tard, je reçois un e-mail sur mon téléphone, contenant plusieurs pièces jointes. Ninon a l'air si bouleversée que je ne peux m'empêcher d'imaginer que tout ce qu'elle a trouvé ne nous donne aucune indication sur l'histoire de Rose, que tout est fini, que je mourrai dans quelques jours, sans avoir rien pu faire pour l'aider. J'ouvre la première, un peu fébrile, en priant pour qu'elle me détrompe. Il s'agit d'une lettre rédigée au stylo plume, dans une graphie élégante et soignée.

« *Mai 1946,*

Ma chère petite maman,

J'aurais aimé te répondre tout de suite après ta lettre m'informant que tu avais été souffrante. Ma pauvre ! Comme cette nuit a dû être terrible ! Tu as bien fait d'aller consulter le Dr Blacard à Vichy, il connaît son affaire.

Loulou a recommencé son école, et il sait déjà lire parfaitement. Il a même reçu la croix d'honneur cette semaine. Il a un petit cœur d'or. Tony lui donne presque tous les matins 1 ou 2 francs. Aussitôt, il vient me les apporter en me disant : "Tiens, c'est pour toi, ma maman d'amour !"

T'ai-je dit que j'ai fait concourir mon Loulou au concours du plus bel enfant de France ? C'est un concours médical très sérieux, où l'enfant, après avoir été pesé et mesuré par des infirmières, passe devant trois médecins successifs. Tous les trois m'ont dit "Oh, mais il est superbe, cet enfant-là ! Il serait parfait s'il n'avait pas cette petite cicatrice sur la joue. Avec une autre petite fille, ce sont les deux plus beaux enfants qu'on nous ait présentés. Mais vous comprenez que l'enfant choisi doit être parfait, sans cicatrice." Tu penses que j'étais fière quand même. Si seulement Tony ne lui avait pas causé cette cicatrice ! Il prétend toujours que c'était un accident, mais il m'arrive d'en douter, de temps à autre… Les docteurs m'ont conseillé un traitement aux rayons ultraviolets pour la faire disparaître, traitement extrêmement coûteux, naturellement, dont je me passerais bien. Ce serait une fille, encore ! Tu noteras que Tony pourrait largement régler cette somme, mais il est tellement pingre que je préfère ne pas lui en parler pour éviter une énième dispute.

Je te quitte, ma petite maman, en te demandant non seulement de bien te soigner, mais aussi de rester prudente à l'avenir.

Rose »

Tony ? Loulou ? Rose a donc bien eu un mari et un fils avant le père de Ninon !

C'est impensable d'imaginer qu'elle ait pu leur cacher toute une partie de sa vie si longtemps. Mais si elle l'a fait, j'imagine sans peine que c'était trop douloureux pour elle d'en parler : après tout, Paul et moi n'avons raconté à personne que j'avais fait une fausse couche, incapables de mettre des mots sur cette blessure qui ne s'est jamais refermée.

Mais que sont-ils devenus dans ce cas ? Où sont-ils ? Ont-ils eu un accident ?

Le cœur battant, j'ouvre les pièces jointes suivantes.

« Septembre 1946,

Ma petite maman chérie,

Quelle surprise, ce délicieux paquet d'arbouses. Figure-toi que je n'en avais jamais goûté et qu'elles sont arrivées en marmelade, si bien que je pensais qu'il s'agissait d'une compote de fraises et d'abricots mélangés. En réalité, c'est tout bonnement excellent !

Mon petit Loulou est toujours un amour, il ne veut pas quitter sa maman d'une semelle. Il s'empêche de dormir le soir pour rester avec moi pendant que je fais la vaisselle. Ce petit a le don pour sentir quand je suis triste.

Il se souvient de sa mémé et l'autre jour, il m'a dit : "Quand est-ce que je vais la voir, ma mémé ? C'est bien long ! Moi, je l'aime, ma mémé !" J'ai pensé à ta joie quand je te redirais cela.

Je t'embrasse, ma petite maman chérie, je t'aime de toutes mes forces et de tout mon cœur.

Rose »

«Août 1947,

Ma chère petite maman,

Comme c'est gentil à toi de m'écrire aussi affectueusement en me proposant de nous recevoir si simplement, si gentiment. C'est vrai que j'y avais pensé, mais Tony n'acceptera jamais. Et je ne veux pas partir sans son consentement écrit car, comme tu me le rappelles si justement, il pourrait en profiter pour faire constater un abandon de domicile conjugal.

*J'espérais que Tony se calmerait car je sais que ses rapports avec sa maîtresse sont terminés (*via *une lettre que j'ai surprise),* *et d'habitude il revient doux comme un agneau. Mais il n'en est rien. Tony n'est pas rentré un seul soir à dîner depuis huit jours. Cette nuit, il est rentré à trois heures trente. J'avais peur depuis minuit et je n'arrivais pas à dormir. Et puis, sans raison, il m'a rudoyée, il a pris son ton autoritaire, blessant, grossier.*

Je suis allée voir l'avocat. La séparation de biens est impossible puisque Tony s'y oppose. Pourtant, les lettres que je détiens sont suffisantes pour obtenir le divorce à mon profit. Mais, même avec le droit pour moi, il n'est pas certain que l'on me laisse la garde de Loulou. Si, par exemple, j'étais obligée de travailler, ma situation se trouverait trop précaire pour l'élever. On pourrait le redonner à son père, tu imagines ?

J'ai tellement peur. Et s'il me tirait un coup de revolver pendant l'instance de divorce ? Il en serait bien capable ! J'ai pensé à aller voir un directeur de conscience, mais je sais trop bien ce qu'il me dirait. Le divorce est à proscrire, mais est-ce bien de rester avec un être aussi abject ? Et toi, ma petite maman, toi qui es si pieuse mais qui vois tout cet état de choses, que ferais-tu à ma place ?

Zut, je dois me dépêcher de finir, Tony peut rentrer d'un moment à l'autre. S'il découvre ces lettres, il me tuera vraiment.

J'aimerais tant pouvoir conserver les tiennes, au lieu de les brûler comme une voleuse. Je te demande néanmoins de ne pas trop t'inquiéter pour moi. Pour l'instant, ce n'est pas si grave. Loulou et moi sommes en bonne santé, c'est tout ce qui compte.

Je t'embrasse de tout mon cœur.

Rose »

Le quatrième document est un faire-part de décès daté de novembre 1947.

« Monsieur et Madame Tony Martin,

Madame Yvonne Klefstad et Madame Jeannine Perrin

ont la douleur de vous faire part de la perte cruelle qu'ils viennent d'éprouver en la personne du jeune

Louis Martin,

leur fils, petit-fils et neveu.

Les obsèques ont eu lieu dans l'intimité. L'inhumation s'est tenue dans le caveau de famille à Paris. »

Non ! Louis, le petit Loulou, serait mort ?

Je devine sans peine ce qui s'est passé, les larmes aux yeux. Mais ce que j'ai du mal à comprendre, c'est comment Rose, la chère Rose, si chaleureuse jusque dans son lit d'hôpital, a-t-elle pu survivre à une telle monstruosité ?

Comment a-t-elle pu avancer toutes ces années ?

Je suis surprise de constater qu'il y a d'autres lettres. Les mains moites, je clique sur la suivante.

« Décembre 1947,

Ma petite maman chérie,

Je dois te dire que tu te trompes : Tony n'a pas tué Louis. Son beau petit corps était parfaitement intact, il n'a reçu aucun coup, et n'a pas pu être renversé par une voiture comme tu le suggères.

Tous les symptômes suggèrent une péritonite, même si je ne sais pas ce qui l'a causée.

Peut-être la confiture de fraises qu'il a mangée le matin même ? Tony avait cassé le pot en verre et, pour ne pas gâcher, il a remis toute la confiture dans un autre pot. Peut-être y avait-il de petits morceaux de verre à l'intérieur ? Je m'en veux tellement de ne pas l'en avoir empêché ! Mais, enfin, malgré tous ses défauts, Tony n'est pas un meurtrier. Je ne devrais pas lui en vouloir, c'était un accident.

Toutes les nuits, je rêve de mon Loulou, couché dans sa petite tombe en terre battue. Il doit avoir bien froid…

J'ai juré sur sa tombe que j'essaierais de rester avec son père pendant un an. Je ne voulais pas qu'il voie le spectacle de notre séparation, de notre haine et de nos disputes, de là-haut. Ah ! S'il n'y avait pas ce serment ! Mais si je reste un an, ma santé va y rester elle aussi. Tu ne peux pas savoir combien j'ai maigri en deux mois. Crois-tu qu'il me pardonnera, si je m'en vais ?

Que c'est triste, ces fêtes de Noël sans mon Loulou…

Tu es, dans la nuit compacte qui m'entoure, un petit phare qui brille bien loin, mais que je ne désespère pas d'atteindre bientôt.

Je t'embrasse mille fois et mille fois comme je t'aime.

Rose »

Mes larmes sont tombées sur mon téléphone sans que je m'en rende compte.

Je me souviens alors des mots prononcés par Rose : « *Confiture, cassé.* » Puis : « *Pas vrai. C'est voiture.* » Essayait-elle de nous dire que cette histoire du pot de confiture cassé n'était pas vraie et qu'elle croyait davantage à la théorie de l'accident de voiture, contrairement à ce qu'elle avait prétendu à sa mère ? Tony avait-il fini par le lui avouer ? L'avait-elle découvert d'une autre façon ?

Rose vouait un amour inconditionnel à sa mère, elle ne voulait pas l'effrayer en lui avouant que l'homme avec qui elle vivait avait été capable de tuer son propre fils. Peut-être veut-elle aujourd'hui rétablir la vérité ?

Je prends un instant avant de me résoudre à cliquer sur la dernière pièce jointe, craignant ce que je vais y découvrir – et pourtant avide de comprendre comment la Rose de ces lettres est devenue la grand-mère de Ninon.

Le texte suivant est la photo d'un cahier. L'écriture est la même que sur les lettres.

« *Août 1952,*

Mon Élie est parti travailler tôt ce matin. Les enfants jouent dans le jardin. Du haut de ses trois ans, Françoise est déjà intrépide et s'est mis en tête d'escalader le figuier. Je me reconnais tellement en elle. Si maman avait pu la voir, elle aurait été d'accord avec moi. Quant à Jean-Louis, il se contente de ramasser bêtement les feuilles mortes et d'arracher les fleurs fanées. Il ne sait pas encore lire, contrairement à mon Louis au même âge. Je regrette qu'il ne lui ressemble pas davantage. Jean-Louis ne saurait être présenté au concours du plus bel enfant…

Quand je le regarde, il me fait penser à mon ange, là-haut, et à son horrible père. Cela me fait tellement mal que j'en ai des aigreurs. J'ai tout fait pour arrêter d'y penser. Il n'y est pour rien si mon Loulou me manque tellement, mais il n'y a rien à faire. J'éprouve une sorte de répulsion dès que je m'approche de cet enfant. Heureusement que Françoise me donne toute satisfaction. Elle a les mêmes yeux que mon petit Loulou, et sa vivacité d'esprit.

Ah ! Si maman pouvait être encore de ce monde, que me conseillerait-elle ? »

Sur les pages suivantes, je constate que son aversion envers son second fils ne s'est pas estompée au fil du temps. La Rose forte et résiliente des premières lettres laisse place à une femme brisée, aigrie par le chagrin, incapable de se concentrer sur l'avenir sans regretter ce qu'elle a perdu. Jean-Louis a dû ressentir cette absence d'amour envers lui, alors que Rose manifestait son affection envers sa sœur. Et, pour se protéger, il a certainement préféré prendre ses distances envers sa mère. Voilà pourquoi, même s'il sait qu'elle est sur le point de mourir, il refuse catégoriquement d'aller la voir.

Je comprends à présent pourquoi Rose n'accepte pas de partir de ce monde : elle veut d'abord demander pardon à son fils.

19

J-5

Ce matin, Ninon m'a donné rendez-vous à l'hôpital. Je vois immédiatement qu'elle a pleuré.

— J'ai parlé à papa, explique-t-elle. Je lui ai expliqué toute l'histoire. Il savait que sa mère avait été mariée avant d'épouser son père, même si elle n'en parlait jamais. Il avait compris que cette relation avait été douloureuse. En revanche, il ignorait totalement l'existence de ce demi-frère. Ces révélations lui ont fait un choc... Je l'ai vu pleurer pour la première fois de ma vie.

— C'est merveilleux ! Ils vont pouvoir se réconcilier.

Ninon secoue la tête, et poursuit d'une voix étranglée :

— Non. Il m'a dit que ce serait trop douloureux et qu'il craignait d'avoir des paroles blessantes envers sa mère. Malgré tout ce qu'elle lui avait fait subir, il ne veut pas qu'elle quitte ce monde avec ces mots sur le cœur. Il préfère que je lui dise qu'il lui pardonne.

— C'est le cas ?

— Pas encore. Pas vraiment.

— Je suppose que, quand on vit plus de soixante-dix ans avec un cœur en miettes, il faut beaucoup de temps pour le rouvrir et être capable de pardonner à ceux qui vous ont fait du mal.

— Sans doute…

— Allons voir Rose. Savoir que votre père sait tout lui fera sûrement du bien.

— J'espère, concède Ninon, pas convaincue.

L'aide-soignant tatoué accueille Ninon avec sa bonhomie habituelle.

— Comment va-t-elle ?

— Disons qu'elle dort de plus en plus longuement. Mes subterfuges pour attirer son attention ne fonctionnent plus vraiment. Mais, ce matin, elle a esquissé un sourire quand je lui ai caressé la joue. Allez-y, elle vous attend.

Rose me semble encore plus chétive que l'autre jour. Sa peau est presque transparente.

— Mamily, c'est Ninon. Je suis avec Juliette, lui dit-elle, en serrant sa main dans la sienne.

Elle marque une pause, et essuie le coin de son œil.

— Voilà… Nous avons trouvé les lettres dans ta poudreuse, les lettres que tu avais envoyées à ta mère. J'ai appris pour ton petit Loulou, et j'imagine combien tu as souffert de sa mort.

Rose entrouvre ses yeux et sa bouche. Elle semble vouloir nous dire quelque chose, mais aucun son ne sort.

— Je comprends aussi pourquoi tu as été aussi dure avec papa, ajoute Ninon, hésitante. Il te rappelait des souvenirs douloureux.

Elle baisse la tête, les larmes aux jeux.

— Je suis désolée, Mamily. Je n'ai pas pu le convaincre de venir. J'espère qu'il te pardonnera un jour… (Elle relève les yeux avec un sourire triste.) Moi, en tout cas, je te pardonne. Même si je sais que ce n'est pas suffisant.

L'espoir qui avait traversé les yeux de Rose s'envole aussitôt. Ses traits se voilent d'un regret si lourd que même moi, j'en ai mal au cœur. Ninon crispe ses paupières en tentant de retenir ses larmes, mais elles s'échappent malgré tout sur ses joues.

J'ai beau avoir conscience que cela signifie que j'ai échoué, que je vais probablement mourir, sur l'instant, je n'y pense pas une seconde. Tout ce qui compte, à mes yeux, c'est la détresse de ces deux femmes que j'aurais tellement voulu pouvoir aider.

La porte de la chambre s'ouvre alors ; un homme entre dans la pièce.

— Papa ! Tu es venu ! s'exclame Ninon en se jetant dans ses bras.

Jean-Louis semble surpris, mais resserre les bras autour de sa fille. Il s'approche ensuite du lit, mais reste à un mètre de distance.

— Maman ? Tu m'entends ? Elle m'entend ? demande-t-il à Ninon.

— Oui, oui, j'en suis sûre. Parle-lui.

— Maman, c'est Jean-Louis. Je suis là.

Rose tourne son visage vers lui. Il prend une longue inspiration, se mord la lèvre inférieure et crispe ses poings.

— Je… euh… Je sais. J'ai compris… J'ai compris pourquoi tu ne t'accordais pas le droit de m'aimer. Je t'en ai voulu. Je m'en suis voulu. Je me suis même détesté. Détesté de continuer à t'aimer alors que tu ne m'aimais pas, précise-t-il avec un sanglot dans la voix.

Il se retourne vers Ninon en collant son poing sur sa bouche.

— Je ne peux pas, c'est trop dur…

— Tu as fait le plus difficile, papa. Continue.

Elle lui attrape la main et l'entraîne plus près de Rose. Jean-Louis tamponne ses yeux.

— Toute ma vie, je t'ai aimée malgré moi, à contrecœur. Mais, aujourd'hui, je suis heureux de t'aimer, malgré tout.

Rose ne le quitte pas des yeux, et soulève le bras de quelques centimètres dans sa direction. Elle murmure quelque chose, si bas que personne ne l'entend. Jean-Louis se penche vers elle et l'écoute, avant de se mettre à pleurer, sous le regard de sa mère. La bouche de la vieille dame s'étire imperceptiblement, ses traits se détendent. Elle tourne sa tête vers Ninon, puis, tout doucement vers moi. Je lui adresse un sourire.

— N'ayez pas peur, Rose, lui dis-je, sans bien savoir pourquoi. Tout va bien se passer. Vous allez bientôt retrouver votre Loulou.

Elle ferme alors les paupières et sourit en laissant échapper un souffle. Un dernier souffle. Ninon embrasse sa grand-mère sur la joue.

— Au revoir, Mamily. Amuse-toi bien, avec les anges, là-haut.

Je lève les yeux au ciel pour dissuader mes larmes d'envahir mon visage, en vain. Je m'attends presque à voir les anges se pencher au-dessus de Rose, mais s'ils sont là, ils me sont invisibles. Je sors de la chambre pour les laisser en famille.

Je sors dans le parc et m'assieds sous un platane. Je suis bouleversée par ce qui vient de se passer. Maintenant que Ninon ne peut plus me voir, je laisse mes larmes se déverser sur mes joues à leur guise. Mon cœur est grignoté par la tristesse de la mort de Mamily, qui me rappelle cruellement celle de mamie Denise à qui j'aurais aimé confier tant de choses avant qu'elle ne nous quitte. Et paradoxalement, je ressens une joie profonde de savoir que Rose est partie le sourire aux lèvres, enfin soulagée d'avoir obtenu le pardon et l'amour de son fils, après lui avoir révélé le secret qui a empoisonné son existence.

Si la mort de nos proches (et la nôtre) est inéluctable, nous pouvons y réagir de façons bien différentes. Nous pouvons éprouver une certaine forme de soulagement lorsque nous comprenons que celle-ci représente une libération, comme dans le cas de Rose. Mais elle peut aussi être vécue comme une tragédie, quand on n'y est pas préparés ou quand elle arrive bien trop tôt, comme ce fut le cas pour le petit Loulou. Ou comme cela pourrait être mon cas…

Mais je refuse de penser à cette éventualité pour le moment. J'ai réussi à aider Ninon ainsi que Jérémy. Et je commence à croire que je pourrais bien accomplir ma mission dans les temps, finalement.

20

J-4

Ce matin, je me réveille un peu plus légère. Je pense à Rose, enfin en paix ; à Ninon et son père, qui vont pouvoir faire leur deuil. Je pense à mon espoir de continuer à vivre, même s'il me reste très peu de temps. Après tout, peut-être Jérémy va-t-il déjà mieux ? Peut-être mon troisième inconnu m'a-t-il déjà parlé, sans que je m'en sois rendu compte ?

Et s'il s'agissait du père de Ninon, ou, je ne sais pas, des amis de mes grands-parents ?

Hier encore, j'hésitais à tout avouer à Paul, à lui dire que je vais peut-être mourir, pour qu'il puisse se préparer à ma mort. Ce matin, je veux croire que je me suis inquiétée pour rien. Je vais vivre, j'en suis certaine.

Je pourrais prévenir mes parents… mais quelle différence cela ferait, de le leur dire aujourd'hui, ou dans quatre jours ? Pourquoi leur imposer cette angoisse peut-être inutile ?

Non, si je meurs, pépé leur expliquera tout. Et si je reste en vie, autant ne pas leur faire peur pour rien. D'autant que j'ai besoin de toute mon énergie pour aider mes deux protégés.

Plus les jours passent, et plus je me sens fatiguée. J'ai du mal à rassembler mes pensées ; elles sont aussi brumeuses que ce brouillard qui a de nouveau envahi le quartier. Étrange. Je ne me souvenais pas qu'il y en avait si souvent, avant. Serait-ce dû à l'effet de serre qui s'est aggravé ces dernières années ?

Emmitouflée dans le châle de mémé Jeanne, je sors me promener le long de la plage. L'air frais gifle mon visage, me forçant à me réveiller. D'habitude, ça me fait sentir plus vivante, mais pas aujourd'hui. Je flotte dans une drôle d'impression de surréalisme, comme… *à côté*. Les grains de sable entre mes pieds, la piqûre d'un coquillage sous ma peau ; autant de sensations que je connais par cœur, et que je n'arrive pourtant pas à saisir tout à fait.

Mue par la force de l'habitude, ma promenade se prolonge, me guide inconsciemment vers la colline où Paul et moi sommes venus si souvent. Je ne suis pas essoufflée même quand je parviens au sommet ; la cascade s'étale sous mes yeux, majestueuse, déroutante. Attirante.

Cette fois, je reste loin du bord. Je la regarde un instant, imperturbable, et laisse mes pas me conduire ailleurs. Je descends la colline, j'escalade les rochers ; j'entends le tumulte de l'eau qui tombe de plus en plus fort, plus fort désormais que les battements réguliers de mon cœur. Arrivée tout en bas, je m'assieds sur une pierre plate, le sourire aux lèvres.

C'est là qu'il m'a embrassée pour la première fois. Nous étions tous les deux enlacés, mes cheveux tout emmêlés à cause du vent et de l'eau salée. Moi, en robe de plage à fleurs. Lui, lunettes de soleil sur la tête, un peu rouge, mais rayonnant. Nous étions si jeunes, nous nous connaissions à peine, et pourtant, je me souviens parfaitement qu'au moment où ses lèvres ont touché les miennes, j'ai su que nous resterions unis pour la vie. Je n'avais jamais ressenti un amour aussi puissant. J'avais l'impression que mon cœur s'était liquéfié en une myriade d'étoiles qui avaient envahi tout mon corps et le maintenaient en suspension dans les airs.

Ce jour-là, je pensais lui faire découvrir mon refuge, mais il le connaissait déjà. Il y venait lui aussi très souvent, sans que nous ne nous y soyons jamais rencontrés auparavant.

— Je suis sûr que je vais te faire découvrir quelque chose, m'a-t-il dit.

— Je ne crois pas, je connais cet endroit par cœur, je pourrais y venir les yeux fermés, en pleine nuit !

— Ah oui ? On parie ?

— OK !

Il s'est agenouillé et a placé ses doigts autour de l'une des pierres, au pied de la paroi rocheuse. Il l'a tirée en arrière et l'a délogée de son emplacement.

— Viens voir, m'a-t-il murmuré.

Je me suis approchée et j'ai découvert une cavité assez profonde qui abritait une petite boîte métallique. Il l'a ouverte et m'a tendu la feuille de papier pliée en petits morceaux qui s'y cachait.

« Juliette, je viens de te rencontrer mais tu illumines déjà ma vie. Le 16 mai 2002. »

— Mais… c'est le jour où on s'est rencontrés la première fois ?

— Oui, je suis venu ici après t'avoir ramenée chez toi. Et j'ai laissé ce mot dans ma boîte à trésors.

Je n'ai pu retenir une larme de rouler sur ma joue.

— Alors, j'ai gagné mon pari ? m'a-t-il demandé.

— Je crois bien… Quel est mon gage ?

— Le voici.

Il m'a embrassée avant de me demander :

— Souhaites-tu partager cette boîte à trésors avec moi ?

— Oui, bien sûr !

— Alors, nous devons y déposer quelque chose de spécial, quelque chose de magique.

J'ai réfléchi un moment avant de me rendre à l'évidence : j'avais ce qu'il nous fallait. J'ai sorti de ma poche le coquillage que nous avions trouvé juste avant sur la plage et sur lequel nous avions inscrit à l'aide d'un feutre nos initiales et dessiné un cœur au centre. Il a souri et acquiescé. Je l'ai déposé dans la boîte, tout émue. J'ai ensuite demandé à Paul si je pouvais garder sa lettre une minute. Je me suis retournée pour y inscrire quelques mots et la lui ai tendue pour qu'il les lise :

« Paul, je sais déjà que tu illumineras la mienne pour toujours. Le 28 mai 2002. »

Les jours, les mois et les années qui ont suivi, nous y avons caché des dizaines de petits objets magiques et de messages d'amour, souvent ensemble, mais aussi séparément, afin de surprendre l'autre.

Mes yeux retrouvent l'emplacement exact, comme un chemin familier. Mes doigts glissent sur la roche, retrouvent l'anfractuosité, soulèvent la lourde pierre qui servait de couvercle à notre cachette. Elle ne bouge pas, comme si on l'avait scellée. Quelqu'un aurait-il pris notre trésor ?

Mon cœur tout à l'heure si léger devient soudain très lourd ; l'air frais m'étouffe, le brouillard m'oppresse. Je ne sais même plus ce que je suis venue chercher. Qu'avais-je dissimulé ici, qui devrait s'y trouver ?

J'ai beau mettre toute mon énergie à m'en souvenir, cela m'échappe toujours un peu plus. C'était un trésor précieux, magique, de ceux dont vous vous rappelez toute votre vie ; de ceux qui font partie de vous.

Mais je ne peux pas le voir.

Tout comme je ne peux pas voir Paul.

Je vais peut-être mourir dans quelques jours, et il n'est pas là.

Cette pensée me frappe soudain de toutes ses forces, me coupe le souffle.

Comment ai-je pu ne pas m'en rendre compte ? Cela fait presque deux semaines que je ne lui ai pas parlé de vive voix – les deux semaines les plus étranges de ma vie. Ça ne m'était jamais arrivé auparavant. Pas aussi longtemps. Deux semaines qu'il est insaisissable, plus éthéré encore que la brume qui file entre mes doigts.

J'essaie de me rappeler la dernière fois que je l'ai vu, de toutes mes forces.

Ça devrait être facile, pourtant.

Il était en costume, en costume noir. Il avait l'air si sérieux, je le sens à son dos droit, à sa cravate bien serrée, mais son visage reste flou.

J'ai besoin de le voir. Là, tout de suite.

Je dois me souvenir.

Je ferme les yeux, inspire profondément pour retrouver mon calme, mais rien n'y fait.

Et soudain, c'est le néant.

21

Paris, février 2020

9 H 05. Je ne veux pas y aller ! Je veux rester avec mes souvenirs, là où il fait doux, là où il fait chaud, là où mon cœur ne saigne pas.

Je me souviens de cette nuit pluvieuse, à Vienne. Nous assistions à une opérette, suivant ainsi les conseils de ma mère qui affirmait qu'on ne pouvait décemment venir à Vienne sans y voir une pièce à l'Opéra. Nous en avions choisi une au hasard. Nous nous préparions à assister à un moment particulièrement romantique.

Quand le rideau s'est levé, nous avons découvert un homme vêtu de culottes bouffantes et affublé d'un chapeau en forme de pomme. Il s'est placé au centre de la scène et s'est mis à chanter, en allemand, d'une voix très aiguë, en effectuant des petits bonds et des pirouettes guignolesques. Nous nous sommes regardés et nous avons éclaté de rire, un fou rire si incontrôlable que nous avons eu droit aux remontrances des autres spectateurs. Au bout de vingt minutes, après avoir vu défiler une bande de canards et de fleurs géantes, ne parvenant plus à nous contenir, nous avons fini par sortir de la salle en pouffant.

Dans le hall de l'Opéra désert, Paul a imité la danse de l'homme-pomme et son chant de castrat, avant que nous ne soyons invités fermement à quitter les lieux. J'en ris encore, dix ans après.

Je souris malgré moi, avant que mes yeux ne se posent sur ma montre : 9 h 20. Mon estomac se tord subitement. Je ne veux pas y aller, je ne peux pas y aller. C'est au-dessus de mes forces.

Je préfère me rappeler cette excursion au parc du lac Nakuru au Kenya, en compagnie d'un groupe de touristes. Nous observions en silence un couple de girafes, à cent mètres de nous. Soudain, j'ai senti une bestiole grimper sur ma chaussure. Un gecko. J'ai secoué mon pied pour le faire tomber, mais il a préféré partir dans le sens opposé et s'est glissé dans mon pantalon treillis et a grimpé le long de ma jambe. J'ai poussé un hurlement qui a dû chasser tous les animaux de la savane, pour les deux prochaines décennies. C'était l'avis de Paul en tout cas. Je gesticulais dans tous les sens, sous le regard mi-amusé, mi-affolé de notre groupe. Paul a alors eu la réaction qui lui semblait la plus appropriée : il a descendu mon pantalon sur mes chevilles, me laissant courir sur place, en string, un lézard cramponné à ma cuisse, sans doute lui-même mort de peur. Tout le monde riait, même Paul, qui a fini par détacher le monstre de ma jambe et le déposer délicatement sur le sol. J'étais tellement tétanisée que je n'ai pas pensé à relever mon pantalon tout de suite ; Paul m'a demandé si je comptais finir le safari en culotte, avant de le remonter et de me prendre dans ses bras pour me réconforter.

Je sens encore ses grands bras m'entourer, la douceur de sa peau, la pression de son corps contre le mien et les battements de son cœur. J'attrape un coussin et me blottis contre lui. La sensation n'est pas la même, évidemment. Elle ne sera plus jamais la même. Je n'ose plus regarder ma montre. Mon regard se pose sur notre table de salle à manger qui me plonge dans un autre souvenir, un soir de Saint-Valentin.

Il avait préparé le dîner, de l'apéritif au dessert, avec tous mes plats préférés. Jusque-là, Paul ne savait préparer que des pâtes à l'eau et des salades de tomates. Il avait pris sa journée sans me le dire, et, pendant que je travaillais à la librairie, il avait concocté toutes les préparations culinaires, à l'aide de livres de cuisine, de tutos vidéo et de fréquents appels à l'aide à sa mère. Quand je suis rentrée chez nous, j'ai ouvert la porte et découvert Paul, en costume, devant une table dressée et illuminée de bougies. Il m'a débarrassée de mon manteau et m'a offert une coupe de muscat bien frais. Puis, il nous a servi l'apéritif : des moules farcies. Elles étaient délicieuses, malgré les nombreux grains de sable qui se mélangeaient à la persillade. Ensuite, nous avons dégusté un velouté de petits pois (un peu trop salé), des noix de Saint-Jacques (trop cuites) et du riz noir (pas assez cuit) avec une sauce aux agrumes (très sucrée). Je sauçais chaque plat jusqu'à la dernière goutte.

J'essuie une larme sur ma joue, en essayant de me raccrocher à d'autres souvenirs, à ces moments qui me faisaient vibrer, vivre comme jamais. Mais aucune image ne vient à mon secours.

9 h 45. Comment pourrais-je survivre à ça ? Au fond de moi, une petite voix me crie que ma place est là-bas, auprès de lui. Je sais qu'elle a raison mais je ne peux m'y résoudre. Pas pour l'instant. Pas encore.

Pourtant, une heure plus tard, je me retrouve enveloppée par une langue de brume qui me glace les os. La voiture des pompes funèbres s'arrête et deux hommes en descendent, l'air grave. Ils ouvrent le coffre, en sortent un cercueil qu'ils déposent sur deux trépieds. Je me sens défaillir, comme si le sol s'était ouvert sous mes pieds et m'attirait dans ses entrailles. Je fais quelques pas sur le côté pour m'adosser à un arbre.

Au milieu de tout ce brouillard, je perçois vaguement la silhouette de nos amis, des membres de nos deux familles, et même de mon petit chien Bouba. Je voudrais qu'ils s'en aillent, qu'ils me laissent seule.

Mes yeux restent figés sur le cercueil, ce cercueil fermé, si froid, si inhumain. Les fleurs posées dessus ne parviennent pas à lui donner un peu de couleur – même le blanc des lys semble grisâtre, terni par le chagrin.

Je ne peux que penser à la mort, à cette barrière infranchissable entre nous. Je pense au vide, à l'absence ; je pense à la solitude qui m'étreint et me glace, terrifiante. J'ai peur, soudain. Peur de demain, peur de ce qui va se passer après, quand ce cercueil sera enfoui sous terre, quand il ne restera plus rien.

J'observe la scène comme si je flottais au-dessus de tous ces gens en pleurs, de ce maudit cercueil, de ces stupides couronnes de fleurs, de ce curé que je ne connais même pas.

Et je voudrais soudain que le temps s'arrête, que ma vie s'arrête, là, à cet instant, pour ne jamais voir demain. Pour ne jamais avoir à envisager un monde sans Paul.

22

J-3

Je me réveille en sursaut. Mon cœur bat à tout rompre, mon front est en sueur. Le soleil qui s'infiltre entre les volets de ma chambre ne parvient pas à dissiper ma sensation de tristesse, ce trou que je ressens dans mon ventre et dans mon cœur. J'ai sûrement fait un mauvais rêve, mais je ne parviens pas à m'en souvenir.

Je suis toujours au pied de la cascade, étendue dans l'herbe. J'ai dû m'assoupir. Le brouillard est aussi intense qu'auparavant. Je remonte à la maison, l'esprit plus embrouillé que jamais. Mes grands-parents ne sont pas encore rentrés ; je regarde autour de moi, désœuvrée. Je ressens soudain le besoin de parler à Jérémy, de m'assurer qu'il va bien. Est-ce en rapport avec mon rêve, avec mes pensées morbides de ces derniers jours ? J'ai peur, soudain, que son silence ne soit un mauvais présage ; peur qu'il ait décidé de faire le grand saut. Peut-être que je suis liée à lui, peut-être que c'est de ça dont j'ai rêvé, et qu'il est trop tard.

Peut-être que pour moi aussi, il est trop tard.

Les doigts moites, je compose son numéro, priant pour qu'il décroche. Il me répond au bout de la cinquième sonnerie.

— Jérémy ? Tu m'entends ?

— …

— Jérémy, c'est Juliette.

— Je sais. Je n'ai pas très envie de parler, aujourd'hui.

— Serena t'a appelé ?

— Oui.

Au son de sa voix, je sais que les nouvelles ne sont pas bonnes.

— Que s'est-il passé ?

— Elle m'a dit qu'elle était désolée, qu'elle voulait me contacter, m'expliquer son départ mais qu'elle n'avait pas trouvé le courage de le faire. J'ai dû insister pour qu'elle m'en dise plus, elle était vraiment effondrée. Elle m'a finalement expliqué qu'elle avait décidé de me quitter le jour où je lui ai appris que je ne pourrais vraisemblablement jamais avoir d'enfant, suite à une opération qui s'est mal passée quand j'étais plus jeune. Je ne pensais pas que cela la perturberait, pas à ce stade de notre relation, en tout cas. J'avais même oublié lui en avoir parlé, j'avais dit ça comme ça… Surtout que, moi, les gosses, c'est pas trop mon truc.

« Mais elle m'a avoué qu'être mère représente le but de sa vie. Elle a connu une enfance compliquée, qu'elle ne souhaitait pas me décrire, mais qui l'a amenée, depuis son plus jeune âge, à nourrir ce désir de construire une belle relation avec ses propres enfants. Alors elle a pris peur. Elle m'a dit qu'elle m'avait aimé mais préférait mettre fin à notre relation maintenant, avant que ce ne soit trop douloureux, pour elle comme pour moi. Elle est partie à Londres pour y retrouver son ex avec qui elle avait rompu, après qu'il l'a trompée. Tu te rends compte ? Elle préfère renouer avec un mec infidèle plutôt que de rester avec moi, juste parce que je suis stérile !

— Je comprends ta déception. Mais tu sais, pour une femme…

— Tu sais quoi ? Le pire, c'est qu'elle a raison ! Je serai incapable de la rendre heureuse, même si j'y mets toute mon âme. Je ne la mérite pas.

J'encaisse la dernière phrase de Jérémy comme un uppercut dans l'estomac. Est-ce que c'est ce que Paul a pensé, lui aussi ? A-t-il pu croire un instant qu'il ne suffirait pas à me rendre heureuse ? Le cœur battant, je laisse sortir les mots sans y réfléchir… sans savoir s'ils s'adressent à Jérémy, ou bien à Paul qui ne les entendra peut-être jamais.

— Jérémy, souviens-toi qu'elle t'a aimé sincèrement. Son désir de fonder une famille est plus fort que tout : tu n'y es pour rien, tu comprends ? Ce n'est pas toi qu'elle rejette. Elle se laisse une chance d'aller au bout de ses rêves.

— Oui, enfin, le résultat est le même ! Elle m'a quitté parce que je ne peux pas être un bon géniteur. Et je me retrouve seul, minable, perdu… Pourquoi faut-il que tout le monde m'abandonne ? conclut-il avec un sanglot dans la voix.

— Ne dis pas ça ! Tu es un garçon plein de qualités, d'intelligence, de sensibilité, et de douceur. Je suis sûre que tu vas rencontrer une fille qui mérite un homme comme toi, très bientôt. Il suffit d'y croire !

— Mais je n'y crois plus, Juliette. Je ne veux plus croire en l'amour. Je ne veux plus aimer. C'est beaucoup trop douloureux. Ça m'empêche de respirer.

Là-dessus, j'ai du mal à lui donner tort. La douleur qui m'étreint depuis mon réveil, la souffrance de ne pas pouvoir parler à Paul, me coupent le souffle. Il me manque tellement.

— Laisse-toi une chance, Jérémy. Le bonheur reviendra.

— Je ne sais pas. Je n'ai plus envie de rien…

Je le sens sombrer. J'aimerais trouver les mots, les conseils qui lui redonneraient une once d'espoir, qui lui feraient voir la vie du bon côté. Comment peut-il refuser cette vie qui m'échappe irrémédiablement ?

On dit souvent que c'est quand on a perdu quelque chose qu'on se rend compte à quel point on y tenait. Je regarde les branches des pins s'agiter doucement dans le vent, charriant le parfum de la mer et du jasmin. J'entends au loin les vagues faire valser les galets sur le rivage et les mouettes rire dans le ciel. Et je me rends compte à quel point c'est vrai. Jamais je ne les ai ressentis avec une telle intensité, jamais je ne me suis sentie autant en harmonie avec eux. Si seulement je pouvais montrer à Jérémy ce qu'il a pourtant sous les yeux…

— Jérémy, j'ai une idée. Tu devrais venir ici.

— C'est-à-dire ?

— Rejoins-moi ! Je suis actuellement dans un petit coin de paradis, dans le sud de la France. Je voudrais te montrer tout ce que la vie a encore à t'offrir.

Pour que tu puisses en profiter pour moi.

— Tu crois ?

— Mais oui ! J'en suis sûre. C'est la meilleure solution pour toi, tu verras.

— Peut-être, oui.

— Tu peux venir dès ce soir, si tu veux, ou demain. Je vais te préparer une chambre.

— Merci, Juliette.

— Ne me remercie pas. Je suis ravie de pouvoir t'aider.

Je raccroche, le sourire aux lèvres. J'espère juste que ça ne dérangera pas mes grands-parents !

23

J-3

Quelques minutes plus tard, alors que je me prépare un sandwich, j'entends la porte d'entrée s'ouvrir. Jules et Jeanne sont de retour. Ils m'embrassent comme si l'on ne s'était pas vus depuis des mois.

— Je commençais à m'inquiéter. Où étiez-vous passés ?

— Oh, ma nine, il ne fallait pas.

— On est partis voir des amis qui avaient besoin de nous, précise pépé Jules.

— Je les connais ?

— Non, je ne crois pas, élude-t-il. Bon, et toi, ma nine, où en es-tu de ta mission ?

Nous passons dans le jardin, tandis que je leur raconte comment nous avons réussi à trouver les lettres de Rose.

Jeanne et Jules échangent un regard entendu.

— Hé, on le savait que tu ferais une messagère superfortiche, ma nine. T'as ça dans le sang, comme ton vieux pépé, té !

— Et moi, je compte pour de l'aïoli, peut-être ? s'insurge Jeanne. Bon, et ton petit gars, là, le jeune, il en est où de ses histoires d'amour ?

— Justement… je voulais vous en parler. Il n'a vraiment pas le moral, je pense qu'il a besoin qu'on lui rappelle toutes les bonnes choses que le monde peut lui apporter.

— Tu feras ça très bien ! affirme Jules.

— À ce propos…

Je me racle la gorge, gênée. Pépé Jules m'encourage d'un sourire.

— Dis toujours.

— Je lui ai proposé de venir se reposer ici, juste pour quelques jours. Je sais que j'aurais dû vous demander l'autorisation avant, mais vous n'étiez pas là…

— C'est impossible, Juliette, rétorque Jules, l'air grave, en regardant son épouse qui hoche la tête.

— Il pourra prendre la petite chambre dans le grenier, et je m'occuperai de tout. C'est à peine si vous vous apercevrez dc sa présence.

Le brouillard qui nous entoure me paraît plus dense, tout à coup.

— Tu ne peux pas le faire venir ici, Juliette.

J'ai bien envie de protester, mais le regard grave de pépé Jules m'en dissuade.

— Écoute…

Il hésite un moment, gêné. Finalement, c'est mémé Jeanne qui vient à son secours :

— Ma nine, il est temps que tu ouvres les yeux.

Le brouillard est dense, tellement dense. Il lèche leurs pieds, s'enroule autour de leurs chevilles, comme pour les avaler.

Je resserre le châle autour de moi, prise d'un frisson.

— Qu'est-ce que tu essaies de me dire ?

— Tu le sais déjà, me dit-elle avec douceur, en me prenant dans ses bras.

Je secoue la tête.

— Je ne sais plus rien.

— Tu sais tout. Il te suffit de t'en souvenir.

Le brouillard est dense, si dense. Mes pensées pâteuses, comme au ralenti. Je sens que la réponse est là, juste à la lisière de ma conscience, mais elle continue de m'échapper. J'ai peur, sans même savoir pourquoi.

Peur de ce que je pourrais trouver.

Peur de comprendre déjà ce qu'ils essaient de me dire.

— Pépé, s'il te plaît. Dis-moi ce qui se passe, supplié-je.

Il hésite encore. Ouvre la bouche, sous le regard réprobateur de mémé Jeanne.

— Juliette, quelle est ta chanson préférée ? demande-t-il.

— Pépé, ce n'est pas le moment.

— Réponds-moi.

— *Talking to the Moon*. Quel rapport avec…

— Quand l'as-tu entendue pour la dernière fois ?

— La dernière fois que mon téléphone a sonné.

— Non, ma nine. Quand l'as-tu entendue pour la dernière fois, *en vrai* ? Pas en sonnerie ?

Je creuse dans mes souvenirs à la recherche de la mélodie. Chaque fois que je crois la tenir, mon estomac se noue d'une angoisse inexpliquée et elle m'échappe de nouveau.

— Je ne sais plus…

— Concentre-toi, Juliette. C'est important.

J'essaie, j'essaie vraiment. Mais il y a ce brouillard tout autour de moi, qui semble ancré jusque dans mon cœur. Et il y a cette angoisse, cette angoisse terrible, que le sourire rassurant de mon grand-père ne parvient pas à calmer. Alors, tout doucement, il se met à fredonner la mélodie.

Presque par réflexe, mes lèvres se mettent à fredonner à leur tour ; je retrouve les paroles avec de plus en plus d'assurance, me souviens de l'air, de la mélodie. Autour de nous, le brouillard s'éclaircit ; mes pensées semblent plus nettes, comme débarrassées d'un carcan dont je n'avais pas pris conscience.

La lumière devient plus vive à chaque refrain, chassant peu à peu la brume. Je me laisse porter jusqu'à la dernière note, et soudain… quelque chose cède.

Un voile translucide qui se déchire, me renvoyant en pleine face l'image de la dernière fois que j'ai entendu cette chanson.

Des gens en noir rassemblés autour d'un cercueil ; une lumière terne, des fleurs qui ne parviennent pas à égayer ce triste tableau. Et moi, à part, qui ne veux pas m'approcher – j'ai peur, bien trop peur de comprendre.

Des haut-parleurs de l'église, les paroles de la chanson s'écoulent comme une plainte : *I know you're somewhere out there, somewhere far away, I want you back*[1]. Quelqu'un s'approche du cercueil, secoué de sanglots. J'avance, irrésistiblement attirée – sans pouvoir poser mes yeux sur la personne qui y est étendue. À la place, j'observe celui qui pleure au-dessus, sa main gauche cramponnée sur le bois vernis. Dans la droite, il tient un petit cadre sur lequel il a écrit « *Juliette & Paul, Forever and ever together*[2] » à l'aide de M&M's. Il le dépose à l'intérieur, contre le tissu satiné, les doigts tremblants d'émotion.

— Oh, ma chérie, murmure-t-il lorsque la chanson se termine. Comment as-tu pu m'abandonner ?

---

1. *Je sais que tu es quelque part là-bas, quelque part au loin, je veux que tu reviennes.*
2. *Juliette et Paul, Ensemble, pour toujours et à jamais.*

24

Nice – septembre 2020

JE me réveille, seule, dans ce grand lit.

J'aimerais rester sous les draps, sentir la douceur du tissu sur mes jambes, humer son parfum subtil de lavande, entendre les cigales chanter à travers les fenêtres, admirer les rayons du soleil qui s'infiltrent entre les persiennes et qui éclairent la poussière en suspension.

Je me lève précautionneusement, en me tenant à la table de chevet. Je me sers une tasse de thé et m'assieds devant la table de la cuisine.

J'enfile tant bien que mal un jean et ma tunique à fleurs, sa préférée, et attrape mon sac à main. Je ferme la porte de ma maison familiale et rejoins mon taxi qui m'attend le long du trottoir. Il me dépose en haut du parc du château et redémarre dès que je l'ai payé, sans un mot.

Les touristes sont déjà nombreux ce matin. Ils parlent fort, ils posent devant la mer en contrebas, tandis que les enfants courent dans tous les sens en criant. Là-bas, une petite fille joue à la marelle. Je la regarde un instant en me faisant la réflexion que si j'avais eu un enfant, elle lui aurait peut-être ressemblé.

J'avance avec la lenteur d'un paresseux, les jambes raides. Je mets une demi-heure pour atteindre la cascade qui ne laisse passer qu'un maigre filet d'eau. Je la regarde s'écouler un instant, espérant y trouver la magie des fées que je suis venue chercher. Je ferme les yeux, attendant une réponse à une question indicible : comment trouver la force de poursuivre ma vie dans ces conditions ?

J'attends, mais il ne se passe rien. Les fées restent muettes, cette fois-ci. Je n'entends que les vagues qui se fracassent contre les rochers, tout en bas, et les mouettes qui la survolent en riant. Comme j'aimerais être à leur place, libre de mes mouvements, libre d'aller où je veux, libre et légère. Libérée de cette maladie qui me sclérose à petit feu.

Dans la roche qui sert d'écrin à la cascade, je déplace une pierre, tout en bas. Derrière, la cachette est vide. Je sors de mon sac à main la boîte en forme de cœur et recouverte de nacre que Paul m'avait offerte il y a longtemps, après cette terrible dispute qui a bien failli nous être fatale. À l'intérieur, j'ai glissé une photo de notre mariage. Je souris en regardant de nouveau son visage hilare et mon regard sur lui, rempli d'étoiles.

Je dépose un baiser sur le couvercle et place la boîte dans notre cachette, comme s'il s'agissait d'un talisman, comme s'il pouvait réveiller le pouvoir des fées et guérir mes maux, comme s'il pouvait tout arranger pour moi, mais aussi entre nous. Je sens mes larmes dévaler sur mes joues, mais je ne fais rien pour les retenir.

Chacun de mes gestes me demande une énergie folle et génère une douleur épouvantable, plus atroce que jamais. Je grimace et tombe à genoux sur le sol.

Pourvu que ça s'arrête, d'une manière ou d'une autre.

Un dialogue silencieux s'immisce alors sous mon crâne entre deux parties de moi.

— Il y a un moyen radical de tout arrêter…

— Tu ne penses quand même pas à… ?

— Si. Pourquoi pas ? Tu serais enfin libérée !

— Non, ce serait de la lâcheté ! Tu ne dois pas renoncer à affronter les difficultés. Tu dois te battre, jusqu'au bout.

— Tais-toi ! Aucune solution n'est satisfaisante et celle-ci est sans doute la moins mauvaise de toutes. Je le ferais pour lui.

— Foutaises ! Tu le ferais pour toi !

— Oui, peut-être aussi, et alors ? J'ai le droit de faire mes propres choix.

— Penses-tu à la peine que tu vas lui infliger ?

— Je pense surtout à la peine que je pourrais lui épargner. Je me souviens des mots qu'il a prononcés à propos de Denise : « *Je ne supporterai pas de tomber dans cette dépendance et de devenir un fardeau pour mes proches, qui devront attendre patiemment que je quitte cette Terre…* » Je ne me rappelle également que trop bien la phrase qu'il a prononcée lors de ma fausse couche : « *Je n'aurais pas supporté d'avoir la charge d'un handicapé.* » Je suis handicapée, et très bientôt impotente. Paul ne le supportera pas et il me quittera de toute façon. Je préfère nous épargner cette fin sordide.

— Paul t'aime, tu le sais !

— S'il m'aime autant que ça, il comprendra.

Je réalise alors que je suis passée dans ma tête d'une solution hypothétique à une solution envisageable, et même tentante.

— Et s'il y avait une solution ? Si tu faisais ça pour rien ?

— Il n'y en a aucune ! Si je ne le fais pas aujourd'hui, je ne pourrai plus jamais le faire. Il sera trop tard. Beaucoup trop tard. Je resterais enfermée dans mon corps à jamais.

— Pense à Paul !

— Je ne pense qu'à lui.

Sans m'en rendre compte, mes pas m'ont conduite de l'autre côté du plateau, sur la face nord du parc. Elle est balayée par le vent et souvent déserte, les promeneurs lui préférant le côté sud qui offre un panorama de carte postale.

Je m'approche du précipice, un pas après l'autre.

En bas, à cinquante mètres sous mes pieds, les vagues s'échouent avec fracas contre les rochers.

Je frissonne malgré la canicule.

Et si j'osais ?

Et si d'ici une poignée de secondes, tout s'arrêtait ? Mes douleurs intolérables, ma lassitude chronique, mes angoisses de perdre Paul et ma tristesse de terminer ma vie de cette façon…

Cette solution me semble alors être la seule valable, inéluctable, indispensable, et même salutaire pour tout le monde.

À travers mes larmes, j'observe les vagues. Elles se sont calmées, et tourbillonnent plus calmement, comme si elles s'apprêtaient à m'accueillir, à amortir mon saut libérateur.

Je me demande ce que je vais devenir, après. Je ne me soucie pas de mon corps. De toute façon, il m'a déjà abandonnée. Mais moi, mes pensées, mon âme… Vais-je disparaître instantanément, dès que la vie m'aura quittée ? Je l'espère. Je ne voudrais pas me tourmenter pour l'éternité, me reprocher ce geste, m'inquiéter pour ceux qui restent, me demander encore et encore si j'ai bien fait. Ce serait terrible, encore plus inhumain que ce qui m'attend si je reste ici.

Je passe sous la barrière constituée de rondins de bois.

Aurai-je le temps d'avoir mal ?

Je prie le ciel pour qu'il arrête mon cœur pendant mon vol plané.

Arrête de réfléchir, Juliette.

Le saut de l'ange. Cette expression n'a jamais aussi bien porté son nom.

Je tourne et retourne mon alliance autour de mon doigt.

Je suis sûre que quand la douleur sera passée, tu comprendras mon choix. Et que tu me pardonneras.

Le vent me fouette le visage et me glace le sang. Je me penche en avant, tout en me tenant d'une main au rondin. Mon autre main est prise d'une crampe qui m'arrache un cri.

C'est maintenant, Juliette. Tu dois le faire maintenant, avant qu'il ne soit trop tard, avant qu'on t'entende, avant que tu changes d'avis…

Je lâche la barrière. Mon cœur bat comme un forcené dans ma poitrine et j'espère qu'il aura la bonne idée de déclencher un infarctus. Mais il s'accroche.

Tu vas t'envoler comme un oiseau, vers la liberté. Ta liberté. La sienne. La leur.

Ouvre les yeux, Juliette. Profite de ton dernier voyage.

Pourtant, ma dernière pensée est tournée vers Paul et mes parents. Je sais qu'ils vont souffrir par ma faute.

Pardonnez-moi.

Et je plonge sans un bruit dans l'immensité bleu marine, tel un goéland, tel un ange.

25

J-3

Assise par terre, en proie à des tremblements incoercibles, j'attrape mes genoux et me berce d'avant en arrière. Je ne veux plus rien entendre, ne plus rien voir de cet univers improbable qui m'entoure, ne plus ressentir ma détresse, ma culpabilité, ma peur et ma tristesse d'avoir abandonné ceux que j'aimais.

Mes souvenirs se télescopent, se chevauchent, se contredisent et je crains que ma tête finisse par exploser. Je croyais qu'on ne ressentait plus rien, plus aucune douleur, plus aucune émotion, une fois qu'on était passé de l'autre côté, comme on dit pudiquement. Quelle arnaque !

— Juliette ? Tu m'entends ?

Jeanne s'assied à côté de moi et passe un bras autour de mes épaules.

— Ma petite nine, ne t'en fais pas, va, on est là pour toi.

Je redresse ma tête vers elle, vers Jules.

— Vous aussi, vous êtes morts ?

Ils hochent la tête, émus.

— Mais alors, vous m'avez menti ?

— On ne t'a pas menti, me rétorque Jules. C'était à toi de faire ce chemin.

— C'est injuste ! Je me sens trahie… tellement perdue, aussi.

— C'est normal, ma nine. On passe tous par là.

La compassion et la bonté qui émanent de ses yeux dissolvent mon ressentiment dans mes larmes.

— Je suis morte, alors ? Je suis vraiment morte ?

Leur silence vaut toutes les réponses.

En un flash, je me rappelle la douleur foudroyante dans mon dos, dans mes jambes, la peur terrible, irrationnelle, de me retrouver seule ; et puis l'attrait soudain du vide, vertigineux, si accueillant, si réconfortant.

Enfin, c'est ce que je croyais.

— Il y a des choses que je ne comprends toujours pas : pourquoi sommes-nous ici ? Si nous continuons à vivre après notre mort, pourquoi ne nous retrouvons-nous pas dans une espèce de paradis, sur un nuage, que sais-je ?

— Je vais tout t'expliquer, me répond une voix.

Jules s'avance vers moi en tenant la main d'une jeune femme que je reconnais immédiatement : ma voyante !

— Nous allons vous laisser discuter entre vous, ma nine. Ne t'en fais pas, on n'est pas bien loin. Tu pourras toujours compter sur nous, comme avant, ajoute-t-il en me caressant la joue.

Je me redresse, encore tremblante, et dévisage la voyante qui me regarde en souriant.

— Allons faire quelques pas sur la plage, Juliette.

J'hésite un instant, mais sa voix est tellement douce et bienveillante que je me sens attirée par elle et saisis la main qu'elle me tend.

— Tu dois avoir beaucoup de questions, commence-t-elle.

— Qui êtes-vous au juste ? Une voyante ?

— Non, je suis ton guide. Arielle.

— Un genre d'ange ?

— Quelque chose comme ça. Ici, les mots ne sont pas très importants. Ce qui compte, c'est notre mission. Et la mienne est de t'accueillir ici.

— Et ici, c'est... ?

— Une dimension parallèle à celle des vivants, mais invisible à leurs yeux, en tout cas pour la plupart d'entre eux. C'est une sorte d'étape pour les âmes tourmentées, que des regrets rattachent encore à leur ancienne vie. Ensuite, chaque âme évolue différemment. Celles qui arrivent à se pardonner leur geste et à surmonter leur tristesse vont pouvoir poursuivre leur évolution dans d'autres sphères.

— Et les autres ?

— Celles-ci se laissent engloutir dans leur tristesse, leurs remords, leurs émotions, leur monde intérieur.

— C'est... le néant ?

— En effet. Mon rôle est d'entrer en contact avec ces âmes en détresse. Je suis là pour te proposer des épreuves qui doivent t'aider à choisir la façon dont tu souhaites poursuivre ton évolution.

— Les trois inconnus...

— Chacune de leurs histoires fait écho à la tienne. En les aidant, c'est toi que tu sauves, pas après pas.

Je repense à Rose, que j'ai aidée à mourir ; et à Jérémy, que je veux aider à survivre. Deux histoires, deux choix opposés, me montrant des facettes différentes de la mort. Tout fait tellement sens, soudain. Vais-je choisir, comme Rose, de disparaître enfin ? Ou m'accrocher à la vie, comme j'essaie de persuader Jérémy de le faire ?

— On t'offre une deuxième chance, Juliette, dit Arielle en souriant. Si dans trois jours tu veux toujours mourir, tu laisseras le néant t'emporter. Si tu choisis de vivre… Eh bien, tu pourras profiter de cette deuxième vie, en compagnie de tes grands-parents et de tous tes proches disparus.

— Je ne veux pas mourir, dis-je aussitôt.

Un constat violent, brutal. Si je me trouvais de nouveau sur la colline aujourd'hui, sauterais-je ?

Ce n'était pas mon intention quand je suis montée là-bas. Et pourtant…

— Dans ce cas, tu sais ce qu'il te reste à faire, répond doucement Arielle. Il te reste deux âmes à sauver.

— Mais pourquoi suis-je ici ? Je veux dire : là, dans la maison de mes grands-parents ?

— Parce que c'est le cadre que tu as choisi inconsciemment, celui où tu t'es sentie le mieux, pendant toute ta vie. Ensuite, tu as recouvert toutes tes actions d'un voile de réalité. Tu avais vraiment l'impression de boire un thé, de marcher sur la plage, de conduire une voiture, de téléphoner ou d'envoyer des e-mails, parce que cela t'était plus facile à accepter à ce stade de ton évolution. Tu as même créé tes propres repères spatio-temporels pour qu'ils correspondent à la réalité que tu souhaitais vivre. Tu n'étais pas prête à admettre ta mort, alors tu as tout fait pour que tout ce qui t'entourait, tous tes faits et gestes te semblent absolument normaux. Tu comprends ?

— Oui, je crois. Et mes grands-parents ? Pourquoi avais-je oublié qu'ils étaient morts ?

— Parce que tu avais besoin de croire qu'ils étaient encore en vie, qu'ils étaient là pour te guider dans cette épreuve. Et bien sûr, ils ont répondu à ton appel. Ils ont une autre mission à remplir, celle qu'ils se sont choisie : aider les couples vivant sur Terre à se réconcilier. C'est d'ailleurs pour cela qu'ils se sont absentés quelque temps. Ils avaient une urgence à régler avec l'un de leurs protégés.

— Et Ninon, ou Jérémy ?

— Eux sont bien vivants. Ils ont la capacité d'entrer en contact avec leur messager.

— Ils ont des superpouvoirs ?

— En quelque sorte. Leur désespoir, mêlé à la certitude de l'existence des messagers, leur a permis de te parler. Ninon a la capacité de te voir et t'entendre, alors que Jérémy ne peut que t'entendre.

— Mais pourquoi moi ? Comment m'ont-ils choisie ?

— Tu les avais déjà rencontrés dans ta vie d'avant. En réalité, tu leur étais déjà venue en aide.

— Non, je ne crois pas…

— Tu te souviens d'un petit garçon qui était resté coincé dans le métro, alors que ses parents étaient descendus sans lui, poussés par la foule ? Tu l'as entendu pleurer et tu l'as rassuré. Tu es descendue avec lui à la station suivante et tu as fait le chemin en sens inverse pour revenir à la station où ses parents l'attendaient. Ce petit garçon, c'était Jérémy, qui était en vacances à Paris avec ses parents, il y a quinze ans.

— Oui ! Le pauvre petit. Il me répétait sans arrêt « ils m'ont abandonné, ils m'ont abandonné ». Il m'a fendu le cœur.

— Quant à Ninon, elle était venue à Paris pour chercher du travail. Un jour, elle est entrée dans ta librairie et tu lui as conseillé un livre qui l'a bouleversée : « *Comment leur dire adieu.* » Elle se posait déjà la question à l'époque.

— Ça alors, oui, je me souviens d'elle à présent. Et pourtant, quand je l'ai vue, son visage ne m'est pas revenu en mémoire. Mais alors, ils savent que je suis morte ?

— Oui.

— Maintenant que j'y pense, personne ne m'a adressé la parole à l'hôpital. J'ai trouvé ça assez désagréable, d'ailleurs.

Et soudain, la vérité m'éclate en plein visage.

— Si Jérémy sait que je suis morte et qu'il accepte de venir jusqu'ici, ça signifie qu'il veut me rejoindre dans l'au-delà ? Il veut mourir !

26

J-2

En un instant, j'oublie tout. Mes grands-parents, Arielle, Ninon, même Paul et mon cercueil. Je ne pense plus qu'à une chose : sauver Jérémy. L'empêcher de commettre la même erreur que moi. Mon cœur se met à tambouriner dans ma poitrine, de plus en plus fort. J'ai beau me dire que mon corps n'est qu'une illusion, mes sensations sont d'un réalisme incontestable. La bouffée de chaleur de panique, la moiteur de mes mains, la frénésie de mes doigts qui tambourinent les uns contre les autres, le bourdonnement dans ma tête et cette impression que mes jambes vont se dérober sous moi m'empêchent de réfléchir. Je ferme les yeux, inspire profondément pour rassembler mes idées.

Toutes mes pensées se tendent vers Jérémy, de toutes mes forces. J'imagine sa détresse, l'appel à l'aide dans sa voix quand il m'a contactée la première fois. Je repense à son hésitation quand je lui ai proposé de me rejoindre.

Il ne veut pas mourir – j'en suis certaine. Mais il n'arrive plus à voir les autres chemins. Si seulement j'avais un moyen de les lui montrer !

Soudain, je sens que quelque chose a changé. L'atmosphère, autour de moi, se modifie ; elle est plus dense, plus tendue. Le chant des oiseaux du jardin de mes grands-parents est couvert par le chuchotis d'une eau limpide. Je rouvre les yeux sur un autre paysage que je reconnais aussitôt. C'est celui que j'ai vu en rêve, dans lequel Paul essayait de franchir une rivière en furie pour me rejoindre. Mais, cette fois, la rivière est paisible, baignée d'une lumière presque irréelle. Je me tiens d'un côté de la rive, devant un pont qui n'existait pas dans mes songes et qui relie l'autre bord.

Une silhouette apparaît au loin et avance vers moi. Je n'arrive pas à identifier ses traits. Paul ? Mon cœur s'emballe de plus belle. À mesure qu'il chemine, je me rends compte que cette carrure n'est pas celle de mon mari, mais appartient à un homme plus fin, moins grand. Son visage est jeune et imberbe, ses yeux cerclés de verres correcteurs, et ses cheveux sont en bataille. Il semble subjugué par le paysage qui nous entoure. J'avance aussi vite que possible pour l'empêcher de traverser tout à fait ; nous nous rejoignons au milieu du pont.

— Jérémy ! Je suis Juliette, lui dis-je en lui attrapant les mains.

— Juliette ? C'est bien toi ? J'ai eu si peur, si tu savais !

— Je comprends. Je suis passée par là, moi aussi… Il m'a fallu du temps pour comprendre… Je suis désolée. Je n'aurais jamais dû te dire de venir.

Son visage se décompose.

— Qu'est-ce que tu veux dire ?

— Je… J'ignorais que j'étais…

Je baisse les yeux, encore incapable de le dire à voix haute. Je serre ses mains un peu plus fort.

— Tu dois vivre, Jérémy. Ne fais pas la même erreur que moi.

— Mais… J'ai avalé une vingtaine de somnifères. Je voulais… Je veux m'endormir une fois pour toutes. Je suis si content de te voir !

— Moi aussi, Jérémy… Mais c'est une erreur. Tu es encore tellement jeune, et tu as tant de choses à vivre.

— Peu importe ! Quand j'ai ressenti mon âme s'élever au-dessus de mon corps, je me suis senti tellement plus léger, tellement plus libre. Je ne souffre plus, Juliette !

— Je sais, Jérémy. Crois-moi. Aujourd'hui, ça te semble la seule solution, mais il y en a d'autres. Il y en a toujours d'autres. Si tu franchis ce pont… tu le regretteras.

— Comment pourrais-je regretter, puisque je ne ressentirai plus rien ?

— C'est là que tu te trompes.

Son regard s'agrandit, candide.

— Juliette, de quoi tu parles ? Tu me disais de te rejoindre, et maintenant…

Je déglutis, soudain mal à l'aise. Prononcer ces mots à voix haute. Accepter l'inévitable. En serai-je capable ?

— Écoute, je…

Un silence, lourd de sens. Déjà, je sens son regard qui se décroche de moi, se fixe vers l'horizon, loin dans mon dos. Ses mains tout à l'heure tièdes deviennent de plus en plus fraîches, plus vives aussi, comme s'il gagnait en consistance de ce côté du monde.

Je les serre aussi fort que je peux, lui arrachant un cri surpris.

— Moi aussi, je me suis suicidée. J'ai avancé vers le bord de la cascade, j'ai regardé vers le vide et j'ai fait le grand saut.

Il se fige.

— Toi ?

— Sur le coup, ça m'a semblé la seule chose à faire. Mais je me suis trompée. Tu comprends ?

Les larmes, sans prévenir, se mettent à rouler sur mes joues ; elles les dévalent en un torrent intarissable, semblable à celui qui s'écoule sous nos pieds.

— J'ai abandonné mon mari parce que j'avais trop peur qu'il m'abandonne. Je lui ai fait exactement ce que je redoutais qu'il fasse.

— Mais tu ne souffres plus…

— Oh, si, je souffre. Je souffre comme jamais je n'ai encore souffert.

Mes larmes redoublent comme la digue cède, me libérant enfin de ces émotions que je n'avais même pas conscience de refouler.

— Pense à tes parents. À tous ceux qui t'aiment et qui ne te reverront plus.

— Je ne leur dois rien.

— C'est vrai. Ta vie t'appartient, Jérémy. Si tu veux y mettre fin… C'est ton choix. Mais es-tu vraiment certain que tu as fait le bon ?

Un silence passe entre nous.

— Je n'y arrive plus, dit-il d'une voix étranglée. C'est trop dur.

— Peut-être que tu as simplement besoin d'aide. Peut-être que si tu prends du recul, tu te rendras compte que tout ça, ce que tu vis, c'est juste un obstacle sur ta route.

Des images me reviennent, des émotions si vives qu'elles me font mal. Ma certitude que tout était fini pour moi. La terreur à l'idée que Paul s'en aperçoive et qu'il me laisse toute seule, à la fin. La conviction puissante, si forte, que je le faisais pour lui. Pour lui éviter de choisir.

— Parles-en, Jérémy. Parles-en à tes proches, dis-leur que tu vas mal, que tu as peur, explique-leur à quel point tu te sens seul. Et si, après cela, tu as toujours envie de me rejoindre, alors je t'accueillerai avec bonheur. Mais pas maintenant.

— Pour quoi faire ? Retrouver ma tristesse d'avant ? Ce sentiment d'être un moins que rien ? Un incapable ?

— Pour donner une chance à tes proches de te prouver que tu as tort. La vie est faite de souffrances, c'est vrai. Mais elle est aussi faite de merveilles, de moments de plénitude, d'amour et de joie incommensurable ! Comme le dit mon pépé Jules, c'est souvent dans le chaos que naissent les étoiles.

— Je suis désolé que tu penses avoir fait le mauvais choix, Juliette. Mais pour moi, c'est trop tard…

Jérémy baisse la tête et lâche mes mains. Il me contourne pour franchir le pont, vers l'autre rive. Je comprends que sa blessure est trop grande, trop profonde.

— Jérémy, ne fais pas ça, supplié-je.

— C'est ce que je veux. Pourquoi essaies-tu de m'en empêcher ?

Je ne sais plus quoi ajouter. Je lui ai ouvert mon cœur, mon âme, mais ça n'a pas suffi. Et si je me trompais ? Si je n'étais pas là pour l'empêcher de partir, mais pour qu'il me rejoigne en paix ? Ce n'est pas parce que moi, j'ai des regrets, que lui en aura forcément. Peut-être que c'est ça dont il a besoin – peut-être que, parfois, traverser le pont est la seule solution.

Et pourtant…

— Tu ne m'aurais pas appelée si tu avais vraiment voulu mourir.

Il s'arrête, se retourne vers moi. Ses yeux sont humides, tout à coup. J'insiste :

— Tu ne m'aurais pas raconté ton histoire si tu n'avais pas eu besoin de mon aide. Tu n'aurais pas cherché à retrouver Serena si tu avais renoncé à la vie. Tu ne te serais pas contenté de prendre des somnifères si tu voulais vraiment te suicider.

— Je voulais mourir. Pas souffrir.

— Si on fuit sa souffrance, elle nous poursuit. Le seul moyen est de l'affronter, de l'amadouer et de s'en servir pour devenir plus fort.

Je fais un pas vers lui, puis un autre ; assez pour le rejoindre, sans qu'il cherche à s'éloigner.

— Et je suis là. Tes parents sont là. Tu trouveras un psychologue pour t'aider, ou peut-être un ami encore inconnu. Ton chemin sera long, mais tu y arriveras. Alors n'abandonne pas, Jérémy. Je t'en prie.

Une larme, unique, roule sur sa joue. Il regarde par-dessus mon épaule, en direction de l'autre rive. Quelques pas, encore, et il y sera. Tout sera fini, pour lui comme pour moi.

Je me tais, consciente que c'est à lui de prendre cette décision. Ses yeux tout à l'heure pétillants se voilent d'un regret trop lourd à porter. Il fait un pas en arrière – vers le vide.

— Jérémy, regarde dans l'eau. Juste un instant.

Il se penche au-dessus de la rambarde et observe les flots qui s'apaisent et qui s'éclaircissent pour laisser apparaître une image. Une femme regarde à travers la fenêtre d'une chambre d'hôpital. Un homme se tient debout derrière elle. Elle s'écrie soudain : « *Pourquoi a-t-il fait ça, Georges ? C'est ma faute, j'en suis sûre ! Il faut qu'ils le sauvent, tu m'entends ?* » L'homme la prend dans ses bras où elle sanglote avant de se laisser glisser sur le sol.

Mes yeux s'emplissent de larmes face à la détresse des parents de Jérémy. La même détresse qu'ont dû ressentir les miens et Paul. Si seulement je pouvais annuler ce que j'ai fait, si je pouvais leur dire combien je regrette…

— Tu ne recules vraiment devant rien pour me faire changer d'avis !

Un pâle sourire éclaire ses traits.

— Qu'est-ce qui m'a pris de contacter un ange gardien aussi rabat-joie que toi ? me demande-t-il.

— Moi aussi, je t'aime, Jérémy.

Je passe mes bras autour de lui et le serre contre moi. Je sens alors une décharge d'émotions, d'amour et de plénitude nous envelopper tous les deux. Je ne sais pas combien de temps nous restons ainsi.

— Tu seras là, quand ce sera mon heure ? s'enquiert-il, les yeux pleins de larmes.

Ma cage thoracique se libère soudain de sa prison, m'autorisant enfin à respirer.

— Toujours. Tu ne te débarrasseras pas de moi aussi facilement ! Allez, file.

Il me sourit une dernière fois, et rebrousse chemin vers l'autre côté du pont, jusqu'à la rive. Puis il disparaît de mon champ de vision.

27

J-1

TANDIS que je le regarde s'éloigner, je me sens aspirée en avant, comme si je descendais une montagne russe lancée à toute allure. Le paysage s'évapore et se transforme en quelques secondes en un bloc opératoire baigné d'une lumière vive. Des médecins et des infirmières en tunique verte sont penchés sur le corps d'un jeune homme. Jérémy.

— Un, deux, trois, on dégage !

Le tracé de l'électrocardiogramme reste plat, malgré l'électrochoc. Une infirmière se penche à l'oreille du chirurgien.

— Docteur, on en est à trois essais…

— Il n'a que vingt et un ans, bordel ! On continue. Un, deux, trois, on dégage !

Toute l'équipe médicale scrute la ligne verte qui s'étire, imperturbable, sur le moniteur. Je m'approche de Jérémy et lui murmure à l'oreille :

— On a conclu un marché, Jérémy. Reviens à ta vie. S'il te plaît.

Quelques secondes s'écoulent avec une lenteur infinie jusqu'à ce que la ligne s'élève vers le ciel et qu'un bip retentisse dans la pièce. Puis un autre, et un autre.

— On l'a eu ! s'écrie le chirurgien. *Yes !*

Les infirmières et les médecins applaudissent. Je pousse un soupir de soulagement. Il a dû m'entendre, car, dès qu'il rouvre les yeux, il tourne la tête dans ma direction. Même si je sais qu'il n'a pas la capacité de me voir, j'ai la certitude que son sourire m'est bien adressé. Je me rapproche de lui et lui murmure quelques mots à l'oreille :

— Je suis très fière de toi, Jérémy. Une nouvelle vie t'attend. Profites-en à fond !

Je me sens soudain épuisée, vidée de toute mon énergie.

Je suis alors aspirée en arrière, dans un tourbillon incontrôlable. Je me retrouve allongée sur la plage. J'observe les étoiles qui scintillent au-dessus de moi tout en essayant de recouvrer mes esprits.

Ces derniers jours ont été épuisants, ahurissants, irréels. Je suis passée du statut de libraire à celui de messagère, de vivante à morte, de corps à âme. Mes repères ont volé en éclats, ma réalité avec eux. J'ai l'impression de marcher sur des sables mouvants, de voler au-dessus des nuages, de me noyer dans un océan d'incertitude.

Mon esprit est rempli de brouillard, mon cœur déborde d'une tristesse que le réveil de Jérémy n'a que partiellement atténuée. J'ai quitté le monde des vivants, j'ai abandonné l'amour de ma vie, mes parents que j'aimais tant.

Que font-ils, en ce moment ? Comment vivent-ils ce que je leur ai fait ? J'aimerais tellement les voir, leur parler, leur expliquer, comme avec Jérémy. Pourquoi puis-je parler à des inconnus, mais pas à ceux qui comptent vraiment ?

Ma culpabilité, ma lâcheté ne m'ont jamais semblé aussi évidentes. J'aurais dû me battre encore… Mais le pouvais-je ? La fin n'aurait-elle pas été la même, quel que soit mon choix ?

Jérémy avait deux chemins clairs : la mort ou la vie. Moi… C'était différent.

Les voies se sont troublées il y a un an et demi, très précisément, alors que j'étais dans le bureau du Dr Constance Blagnec, une bonne amie à moi.

— Tu as la maladie de Charcot, Juliette.

— Au moins, on sait enfin ce que j'ai ! En quoi ça consiste ?

— Il s'agit d'une maladie évolutive, dégénérative. Pour l'instant, tu souffres de crampes et de douleurs musculaires, tu te déplaces moins vite qu'auparavant et tu as moins d'appétit. Avec le temps, tu pourrais avoir également des troubles de la déglutition, du mal à parler et des difficultés respiratoires.

Je n'arrivais pas à comprendre ses mots et leur rapport avec moi. Ma tête s'est mise à tourner, ma vue s'est troublée et mes mains ont laissé des auréoles sur ma jupe. Je me suis efforcée de garder mon calme et prenant une grande inspiration :

— Et quel est le traitement ? lui ai-je demandé en bredouillant.

— Je suis désolée, Juliette, il n'y a pas de traitement connu à ce jour pour combattre la maladie de Charcot. Seulement des médicaments qui vont ralentir l'évolution de la maladie.

— Tu veux parler de soins palliatifs ?

— Non. Pas encore. Pas tout de suite.

Je connaissais Constance depuis longtemps. Elle avait travaillé avec Paul quelques années auparavant et ils avaient sympathisé. Je l'avais rencontrée, ainsi que son mari, à un dîner dont Paul avait eu l'idée et j'ai tout de suite su qu'elle deviendrait mon amie. Quelques mois plus tard, elle a accepté un poste dans un autre hôpital parisien. Quand j'ai commencé à souffrir de douleurs que mon généraliste ne comprenait pas, c'est vers elle que je me suis tournée. Je n'en ai pas informé Paul pour éviter qu'il ne s'inquiète inutilement. Je pensais qu'elle allait me dire que mes problèmes étaient dus à l'arthrite, dont ma mère souffrait également. Mais mes examens avaient révélé un tout autre diagnostic, auquel je ne m'attendais pas une seconde. J'étais jeune, j'avais toujours eu une bonne santé, je mangeais sainement, je méditais de temps en temps : rien de grave ne pouvait m'arriver.

— Tu es en train de me dire que je vais mourir de cette maladie, Constance ?

Elle tentait de donner à son visage une expression neutre mais j'ai perçu la crispation de ses sourcils et sa déglutition difficile. Mon angoisse est alors montée en flèche.

— Constance ?! ai-je crié en me levant.

— Je suis désolée, Juliette. En tant qu'amie, et surtout en tant que docteur, je dois être honnête avec toi. Généralement, les muscles respiratoires des patients se paralysent progressivement, ce qui les empêche de respirer.

— Et ?

— Dans certains cas, on peut les mettre sous respiration artificielle, mais ça ne fait que prolonger leur vie, sans les soigner.

— Tu veux dire que je vais finir clouée dans un lit, branchée de tous les côtés ? Comme un légume ? lui ai-je dit en essuyant mes larmes d'un revers de main.

Elle s'est mordu la lèvre.

— Pour l'instant, il n'existe pas de traitement, mais des recherches sont en cours et il n'est pas exclu qu'ils trouvent un remède… Tu as encore le temps.

— Combien ?

— Difficile à dire. Deux ou trois ans. Peut-être plus, a-t-elle ajouté.

Deux ans ! Autant dire demain. J'ai été prise d'un vertige et je me suis rassise en me cramponnant au fauteuil pour ne pas tomber. Le visage de Paul s'est imposé à moi. Comment lui annoncer la nouvelle ? Comment allait-il réagir ?

Je ne voulais pas lui infliger ça. Je ne pouvais pas. Je devais me battre, coûte que coûte. J'avais vu un reportage quelque temps auparavant sur des personnes atteintes d'un cancer et qui avaient réussi, à grand renfort de pensées positives et de médecines alternatives, à en ralentir l'évolution, et même à en faire disparaître toute trace de leur organisme. Je ne voyais pas pourquoi cela ne fonctionnerait pas pour d'autres maladies. Les miracles médicaux n'étaient pas rares, à partir du moment où le malade devenait acteur de sa propre guérison. J'ai regardé le visage de Constance, qui ne cherchait plus à masquer ses émotions, et j'ai senti monter en moi une vague de panique mélangée à une rage sourde, une colère croissante contre cette maladie, contre le destin, contre ce pronostic inéluctable. Oui, j'allais me battre coûte que coûte. J'allais leur prouver qu'ils avaient tort. Que la force du mental et du cœur avaient le pouvoir de guérir n'importe quelle maladie. J'allais sauver ma peau, sauver ma vie, pour préserver celle de Paul. Je me le suis juré.

Et j'ai tenu bon. Je suis allée consulter tous les thérapeutes de Paris et d'ailleurs, ceux qui me promettaient une guérison à base de plantes, d'huiles essentielles, de massages, de yoga, de méditation, de lithothérapie, de rituels chamaniques et d'incantations à Shiva. Je regardais des séries humoristiques, des sketches de mes comiques préférés, je m'abreuvais de bonnes nouvelles, je m'acharnais à pratiquer la loi de l'attraction et à refouler de mon esprit toutes mes peurs et mes idées sombres.

Je faisais croire à Paul que je cherchais à gérer mon stress et mes émotions. Constance m'avait donné des comprimés qui atténuaient mes crampes, que j'avais cachés au fond d'un tiroir de la cuisine. Aussi, quand il me demandait si je souffrais toujours des douleurs dont je lui avais parlé avant de savoir ce qui les causait, je lui mentais, partagée entre la honte et la conviction que je lui épargnais ainsi des inquiétudes inutiles, puisque j'allais finir par guérir.

Combien de fois ai-je failli tout lui avouer ? Combien de fois ai-je été tentée de me décharger un peu de mes angoisses afin d'entendre ses mots réconfortants, d'être rassurée par son amour infaillible ?

Mais j'ai résisté, de toutes mes forces. Lui parler, ça aurait été rendre la chose trop réelle. Jusqu'à ce qu'elles me lâchent, sournoisement, insidieusement. Quand, au bout de quelques mois, j'ai eu de plus en plus de mal à marcher, quand j'ai eu de la peine à avaler ma salive, quand je m'essoufflais au bout de dix mètres, j'ai compris que je commençais à perdre la bataille. La perspective de me retrouver dans un lit d'hôpital, harnachée de toutes parts, à essayer de sourire à Paul qui aurait passé la majorité de son temps à mon chevet, m'était insupportable. Les mots de Paul après ma fausse couche me revenaient sans cesse en mémoire, ils me hantaient, ils m'obsédaient. Je vivais dans la terreur qu'il m'abandonne ou, pire, qu'il reste par obligation tout en se maudissant d'avoir *« la charge d'une personne handicapée »*. J'avais à la fois peur qu'il parte et qu'il reste. Mes angoisses ambivalentes n'ont servi qu'à monter insidieusement des montagnes de non-dits et d'incompréhension entre nous et à nous éloigner encore un peu plus.

J'ai compris que la lutte était ailleurs alors que j'étais à la cascade et que je suis tombée par terre, incapable de me relever, terrassée par la douleur. La dégradation de mon corps s'était accélérée. J'ai réalisé que je n'étais pas de taille à combattre la maladie. Pourtant, je refusais qu'elle gagne, qu'elle affole ma famille et désespère mon mari, qu'elle me transforme en légume, qu'elle me tue. S'il me restait une seule liberté, une seule marge de manœuvre, c'était celle de choisir la manière dont j'allais en finir en allégeant la peine et les inquiétudes de mes proches, et en restant digne et autonome jusqu'au bout.

28

J-1

— ALORS, ma nine, comment tu te sens ? me demande mon grand-père, qui m'a rejointe au pied de la cascade.

— Je ne sais pas, pépé. Je suis submergée par trop d'émotions contradictoires.

— Ne t'escagasse pas la cervelle, Juliette. Va à l'essentiel et ne te bourre pas la tête de trop de questions.

— Mais j'aimerais tellement aller voir Paul et mes parents… Leur expliquer…

— Tu ne peux pas, Juliette.

— Mais pourquoi ?

— Ils n'ont pas le don d'entrer en contact avec toi. Et puis, tu as déjà choisi de les quitter. Maintenant, tu dois en faire un autre : te sauver, toi, ou partir vers le néant.

— Comment ça ?

— Si tu décides de te sauver, tu dois faire en sorte d'entrer en contact avec le troisième inconnu.

— J'aimerais bien, mais il ne se manifeste pas…

— C'est peut-être parce que tu ne l'écoutes pas assez fort, Juliette. C'est comme avec les cigales : quand tu es préoccupé, tu ne les entends pas. Mais quand tu y fais attention, elles te cassent les oreilles !

— Tu veux dire que je suis trop focalisée sur mes propres questions pour entendre son appel ?

— Exactement.

— Je ne peux m'empêcher de penser à Paul. Je ne lui ai même pas laissé de lettre pour expliquer mon geste. Il nc doit pas comprendre pourquoi je l'ai abandonné. L'ignorance est le pire des supplices. Il doit être dévasté. J'aimerais tellement pouvoir le rassurer, lui dire que rien n'est sa faute… J'ai rêvé de lui, l'autre jour. Il était à la rivière et je criais son nom. Quand il m'a vue, il a voulu la traverser pour me rejoindre. Maintenant que je sais ce que cette rivière signifie, cela veut peut-être dire qu'il envisage de me rejoindre dans l'au-delà. Oh mon Dieu, qu'ai-je fait ?

Pépé caresse mes cheveux tandis que je pleure toute ma détresse et ma culpabilité.

— Tu peux aussi choisir de le sauver.

— De quelle façon ? Il ne peut pas m'entendre.

— Futée comme tu es, je suis sûre que tu trouveras un moyen. Mais si tu le sauves au lieu de sauver le troisième inconnu, tu te condamnes à errer dans le néant.

— Je pourrais peut-être les sauver tous les deux ?

— Il ne te reste que quelques heures, ma nine…

Je ferme les yeux et revois alors Paul, debout devant mon cercueil, le visage dévasté de chagrin. Je ne suis pas à l'intérieur de cette boîte en acajou vernis, mais à sa droite. Je lui tiens la main. À travers les battements de son pouls, je perçois toute sa détresse. Là-bas, une silhouette s'esquisse. Je ne peux distinguer ses traits, mais je sais qu'il est « mon » inconnu. Je devrais lâcher la main de Paul et aller à sa rencontre, pourtant une force incommensurable m'empêche de détacher mes doigts de ceux de mon mari. Je ne peux pas l'abandonner cette fois encore.

Le néant me semble beaucoup moins effrayant que la douleur et à la culpabilité que je ressentirais éternellement en le laissant seul, en proie à ses questions et à son chagrin.

J'essuie mes yeux et je prends une grande inspiration.

— Dans ce cas, je choisis de sauver Paul. Il souffre par ma faute et je ne pourrai continuer mon existence avec ce poids sur la conscience. J'ai fait une erreur et je dois la réparer. J'en assumerai les conséquences.

— Tu as pris ta décision ?

— Je crois. Mais j'aimerais quand même prendre des nouvelles de Jérémy et m'assurer qu'il est tiré d'affaire.

— Eh ben, va le voir !

— Comment ?

— C'est simple comme de l'eau de roche, nine ! Tu penses à lui très fort. Mais tu penses avec ton cœur, pas avec ta tête, hein ! Parce que toi, tu réfléchis trop.

— Penser avec mon cœur ?

— Tu imagines un fil invisible qui vous relie et qui lui envoie de l'amour, de la chaleur humaine, de la tendresse. Et hop, tu te retrouves auprès de lui. Allez, essaie, va…

Je ferme les yeux, visualise le visage de Jérémy et ses grands yeux tristes. Une onde de culpabilité m'envahit instantanément, mais j'essaie de l'écarter pour laisser la place à des émotions plus positives, comme me l'a conseillé Jules. Je vois un fil argenté qui part de mon cœur et qui s'étire et s'étire encore… jusqu'à lui.

J'ouvre les yeux sur une chambre d'hôpital aux murs pastel. Jérémy est allongé sur le lit et discute avec ses parents. Ses yeux sont cernés et son teint est pâle mais il me semble aller bien. Il ne fait pas attention à ma présence, je suppose qu'il ne me voit pas. J'ai l'impression d'être une intruse. Je ressens un nuage de culpabilité autour d'eux : Jérémy s'en veut de leur avoir fait vivre ce cauchemar et les parents se reprochent de n'avoir pas perçu le désespoir de leur fils. Pourtant, l'émotion qui domine la scène est l'amour, un amour si pur et puissant qu'il me donne des frissons.

J'observe la scène en silence, à la fois heureuse et soulagée pour Jérémy. J'espère que cette expérience l'aidera à guérir sa blessure et à trouver dans l'amour de ses parents le réconfort et le courage dont il a besoin pour poursuivre son chemin.

J'aimerais tant, moi aussi, procurer à Paul cet amour qui lui permettrait de se remettre de ma disparition. Et si j'essayais d'entrer en contact avec lui, maintenant que je connais la procédure ?

Je sais que je n'en ai pas le droit. Mais foutue pour foutue, puisque le néant m'attend de toute façon, puisque je vais devoir vivre avec mes regrets pour l'éternité, je préfère utiliser les heures qu'il me reste auprès de lui. Je me fous des conséquences, c'est trop important pour moi ! Personne n'a le droit de m'empêcher de lui dire adieu !

Comme Jules me l'a appris, je pense à mon mari en essayant de lui envoyer de l'amour. Mais je n'arrive pas à me connecter à lui. Dans mon cœur, je n'entends que de la colère et un élan de révolte contre cette situation inique.

— Paul ! Paul !!!

Rien. Je ne parviens pas à le rejoindre. Je me recroqueville dans un coin et laisse ma tristesse prendre les commandes. Je ne cherche même pas à l'endiguer. Le seul qui détenait le pouvoir de faire disparaître mes chagrins n'est plus à mes côtés, que je le veuille ou non. Je me souviens alors de ce voyage imprévu en Crète dont Paul avait eu l'idée pour adoucir ma tristesse, après l'échec de notre dernière tentative de fécondation.

Je revois mon mari, sur cette terrasse au soleil couchant, ses yeux si purs, si aimants, m'envelopper de leur tendresse.

J'entends encore ses mots : « *Ce qui nous unit toi et moi, ce que nous avons construit, c'est un concentré de bonheur qui me met en joie chaque matin. C'est ce qui me fait vivre, tout simplement.* »

Je sens encore la douceur et la chaleur de ses mains autour de mon visage.

Je perçois le parfum des cistes en fleurs et de l'air marin.

Une larme coule le long de ma joue. Je tends la main vers lui, mais son image s'estompe et je me retrouve seule.

— Oh, Paul… Pourquoi ne m'entends-tu pas ?

Arielle a peut-être raison, finalement. Je ne pourrai jamais le revoir, jamais lui expliquer pourquoi je suis partie.

Je n'ai plus peur du néant : j'y suis déjà.

29

J-1

— Juliette… Juliette…

Suis-je en train de rêver ? Mes sens me jouent-ils des tours ?

— Juliette… Où es-tu ?

J'entends sa voix, lointaine et d'une tristesse infinie.

— Je suis là, Paul ! Paul !!! Tu m'entends ?

Le silence me répond. Puis au bout d'une minute, il prononce de nouveau mon prénom avec un sanglot dans la voix qui fendille mon cœur.

— Juliette… Pourquoi, Juliette ?

J'ai beau essayer de l'appeler, il ne m'entend pas. Il semble réellement désespéré, torturé par mille questions. Il doit bien y avoir un moyen de lui dire que je regrette ! Il a toujours été très cartésien, et ne croit pas à une vie après la mort.

Ma mère, en revanche… Après la mort de ma grand-mère, je l'ai surprise à prier et à avouer à sa mère qu'elle lui manquait beaucoup.

Si elle est plus réceptive, elle pourra peut-être parler à Paul !

J'espère seulement qu'elle pourra m'entendre. Depuis son divorce avec mon père, il y a quelques années, mes relations avec elle se sont distendues. Elle a voulu retrouver sa jeunesse, elle a changé complètement sa garde-robe, a décoloré ses cheveux et s'est mise à sortir avec ses copines divorcées. Peu de temps après, elle a rencontré Charles, un chef d'entreprise fortuné qui l'emmenait très souvent en voyage. Je ne la voyais presque plus. Elle qui était si sage, si douce, si prévenante est devenue plus égocentrique, voire égoïste. C'est ainsi que j'ai interprété son changement d'attitude et sa distance envers moi, en tout cas. Peut-être ai-je souffert de n'être plus au centre de son monde, puisqu'elle en reprenait le contrôle ? Je dois néanmoins reconnaître qu'elle a toujours été là pour moi quand je l'ai sollicitée. Quelques mois après avoir appris ma maladie, je l'ai appelée. Malgré mes efforts pour le lui cacher et pour cultiver mon état d'esprit positif, elle a senti que mon moral n'était pas au top et s'en est inquiétée.

— Tu t'es disputée avec Paul ?

— Non, maman. Tout va bien entre nous, je te rassure.

— Alors, c'est Stéphane ? Tu lui en veux parce qu'il a refusé ton augmentation ?

— Mais non… Je dois être un peu fatiguée, voilà tout.

— Alors, prends quelques jours de congé et repose-toi, prends soin de toi, chouchoute-toi. Tu sais, ma chérie, je ne pensais pas à moi quand j'avais ton âge. Je faisais le choix de vous faire passer en priorité, ton père et toi, comme si moi, je n'existais pas, comme si je ne méritais pas de m'accorder de l'attention. Et au fil du temps, je me suis éteinte. Je ne savais même plus quels étaient mes goûts, mes envies, mes passions. Plus rien n'avait d'attrait. J'avais l'impression de m'être laissée endormir par le quotidien que je m'étais fabriqué. Quand je me suis réveillée, c'était trop tard. J'étais déjà vieille et, sans que je le remarque, mon amour pour ton père avait disparu.

— Maman…

— Je sais que tu n'aimes pas que j'évoque ce sujet, ma chérie, mais il faut que tu saches que, dans la vie, tout est une question d'équilibre. J'ai lu dans un bouquin que ta vie devait ressembler à une araignée.

— Beurk…

— Mais non, c'est mignon, les araignées ! Ses huit pattes représentent ton couple, ta famille, ta vie professionnelle, ta santé, tes amis, tes finances, tes projets et la dernière, c'est toi. Si l'une de ses pattes se casse, l'araignée boite sérieusement. Elle peut continuer à avancer, mais ça va créer des dérèglements et petit à petit, toutes ses pattes vont se briser.

— Hum, je vois l'idée. Mais la prochaine fois, prends un autre exemple, tu sais combien je déteste les araignées…

— Ce que je veux te faire comprendre, c'est que tu dois passer en priorité, toujours, pour être capable de donner aux autres, pour que les autres pattes de la… bestiole restent solides et te permettent de continuer à avancer. D'accord ?

— Je vais y penser.

— Tu te reposes, tu vas chez le coiffeur, tu t'offres un massage, un gros gâteau au chocolat, un bon film au cinéma, ce que tu veux. Promis ?

— Oui, maman, c'est promis. Bisous.

J'avais raccroché avec un sourire. Je n'avais pas osé lui avouer ma maladie, mais j'avais été touchée par ses conseils. Elle avait raison. Je devais penser à moi, à mes priorités, à ma vie.

Certes, ma mère a changé, mais elle reste une maman, soucieuse du bien-être de sa fille.

Je me concentre sur elle et sur l'amour que je lui porte. Je n'ai aucune idée du continent sur lequel elle se trouve actuellement, mais l'avantage, avec cette technique, c'est que cela n'a pas d'importance : si elle m'écoute, je peux la rejoindre instantanément. C'est quand même pas mal fichu, la mort.

Quand j'ouvre les yeux, je dois cligner plusieurs fois pour comprendre ce que je découvre. Ma mère est assise devant une table recouverte d'une toile cirée jaune et orange, aux côtés de mon père, dans la cuisine de celui-ci. Elle ne porte aucun maquillage et elle est vêtue d'un legging et d'une vieille tunique.

Aux dernières nouvelles, mes parents ne s'adressaient plus la parole…

En face d'eux est assis un homme que je ne connais pas. Il porte un drôle de foulard en soie violette autour du cou et une veste argentée qui ressemble fort à un kimono. Je rêve, ou il a mis du khôl autour de ses yeux ? Devant lui, sur la table, sont disposés des objets bizarres qui me font penser à des osselets. Il les observe un instant en respirant bruyamment. Mes parents les regardent également, sourcils froncés. Qu'est-ce qu'ils fabriquent ?

— Ça y est, je la vois, annonce-t-il d'une voix traînante et caverneuse. Ju-li-ette. Elle est là. Parmi nous.

Il arrive à me voir ? Alors, pourquoi ne me regarde-t-il pas ?

— Que voyez-vous, Alberto ? demande ma mère, fébrile.

— Juliette était une grande sportive, n'est-ce pas ?

Mes parents se regardent d'un air dubitatif.

— Euh, elle n'a jamais vraiment fait de sport, à ma connaissance, répond mon père.

— Si, un jour, elle m'a dit qu'elle s'était inscrite à la salle ! s'écrie ma mère, tout heureuse.

— Mais elle n'y est allée que deux fois, rétorque mon père. En revanche, elle regardait souvent les compétitions de patinage artistique à la télé.

— Ah oui, voilàààà, c'est ça, confirme Alberto. Le patinage artistique. Elle avait un caractère assez fort, n'est-ce pas ? Autoritaire, même.

— Eh bien, pas vraiment, c'était une fille et une jeune femme assez douce. Plutôt du genre à douter d'elle, répond mon père.

— Oui, mais quand elle s'énerve, elle ne le fait pas à moitié, corrige ma mère.

— Je voiiiiiis.

Je ne peux m'empêcher d'éclater de rire et m'écrie :

— Nan, mais c'est qui ce guignol ?

Alberto se redresse et tourne la tête de gauche à droite. Qu'est-ce qui lui prend, encore ?

— Elle aimait les spectacles de guignol ?

Mes parents sont de plus en plus dubitatifs. M'aurait-il entendue ?

— Je ne sais pas, répond mon père. Mais elle aimait beaucoup aller au théâtre…

— Oui, le théâtre, bien sûûûr…

— Bon, ça suffit les conneries ! m'agacé-je. Papa ! Maman ! Ce type est un charlatan ! Il ne voit rien du tout, si ce n'est le chèque qu'il va vous demander. Fichez-le dehors !

— Qui êtes-vous ? crie-t-il en nous faisant sursauter tous les trois.

— Eh bien, nous sommes les parents de Juliette…, bredouille mon père.

— Non, vous, là, qui êtes-vous ? répète-t-il en se retournant.

— Vous me voyez ? je lui demande.

— Non, mais je vous entends, me répond-il.

— Vous êtes vraiment médium, alors ?

— Non ! Euh, oui, bien sûr… mais jusqu'ici je n'entendais pas aussi distinctement. Vous êtes Juliette ?

— Drôlement perspicace, pour un voyant…

— Juliette est là ? demande ma mère, les larmes aux yeux.

Je me mets à trembler de tout mon corps. Je me place derrière elle et l'enlace sans qu'elle s'en aperçoive. Je suis tellement soulagée. Je vais pouvoir lui faire savoir pourquoi j'ai pris cette décision et j'espère qu'elle me comprendra.

Un sentiment de culpabilité d'avoir enfreint le règlement m'effleure, mais il est vite remplacé par l'urgence d'expliquer mon geste à mes parents. Je m'apprête à être téléportée, ramenée au bercail, d'une minute à l'autre. Je suis prête à entendre leurs reproches et à assumer les conséquences de mon choix. Mais bizarrement, je suis toujours sur Terre.

Je me retourne brusquement en sentant une présence dans mon dos. Personne. Mais je distingue une sorte d'ombre derrière moi alors qu'il n'y a aucune source de lumière face à moi. Je me déplace, elle suit chacun de mes gestes. Peu à peu, elle se rapproche de moi et s'infiltre dans mes cheveux, dans mes oreilles. Qu'est-ce que ça signifie ? Suis-je en train de devenir folle ? Je sens mon cœur s'emballer, la panique me submerge.

Mes mains se mettent à trembler ; quand je les regarde, je remarque qu'elles sont plus fines que d'habitude et presque transparentes. Même chose pour mes pieds.

Le néant serait-il déjà en train de m'avaler ? Non, pas maintenant !

— OK, Alberto, je n'ai pas de temps à perdre alors vous allez arrêter de vous moquer de mes parents et leur répéter ce que je vais vous dire. Compris ?

— Oui.

— Dites-leur que je vais bien, que je continue à exister dans un univers parallèle. Allez, dites-leur.

— Hum… Juliette vous dit qu'elle a atteint les étoiles, le Nirvanaaaaa, le Valhallaaaaa, lance-t-il d'un ton dramatique.

— Ah bon ? répondent mes parents, en chœur.

— Non, mais vous vous foutez de moi ? Je n'ai jamais dit ça ! Vous vous croyez où ? À Hollywood ? Transmettez-leur mon message, et rien d'autre. Prenez une voix normale, pour l'amour de Dieu, et cessez vos simagrées.

— Juliette va bien.

Mes parents étouffent un sanglot.

— Là, pour le coup, c'est succinct.

— Il faudrait savoir ce que vous voulez, me réplique-t-il, vexé.

— Bon, arrêtez de bouder, Alberto. Dites-leur simplement que je suis désolée, et que j'ai besoin de leur aide. S'il vous plaît.

— Juliette va bien, elle dit qu'elle est désolée. Et elle vous embrasse. Je peux le dire, ça, c'est bon ? me demande-t-il.

— Oui, c'est bon. Dites-leur aussi…

— Comment savoir si vous parlez bien de notre fille ? coupe mon père, suspicieux.

— Bonne question, murmure Alberto dans ma direction.

Je soupire, agacée. Pour une fois, j'aurais aimé que mon père soit plus crédule. Je n'ai pas le temps pour ça, ils doivent tout expliquer à Paul !

— Parlez-leur des chaussettes jaunes, dis-je finalement.

— Quoi ?

— Ne me posez pas de question ! Parlez-leur des chaussettes jaunes !

— Bien… Vous allez trouver ça étrange, certainement, mais Juliette me parle de chaussettes…

— Ses chaussettes jaunes ! répondent mes parents d'une seule voix.

Puis ma mère explique :

— Elle devait avoir cinq ans, ou même quatre, je ne sais plus. Elle adorait ces chaussettes sur lesquelles étaient brodées des étoiles et une licorne, si je me souviens bien. Quand on les lui a offertes, dans un lot d'autres chaussettes, elle a jeté son dévolu sur celles-ci et elle ne voulait porter qu'elles, tous les jours. Elle faisait une crise si j'envisageais de les laver. Elle les montrait à ses copines, dans la cour, en affirmant qu'elles avaient un pouvoir magique. Tu te rappelles, Claude ? demande ma mère, en riant.

— Oh oui, répond mon père sur le même ton. On a dû lui faire croire que la licorne allait mourir si on ne les lavait pas, pour qu'elle accepte de les retirer. Au bout d'une dizaine de jours...

— Sur le coup, ça nous a mis en colère, mais avec le recul, qu'est-ce que ça nous a fait rire !

— Alors, c'est bien vrai, elle est là ? demande mon père au médium. Dites-lui que nous l'aimons et que nous l'aimerons toujours.

Je ne peux retenir mes larmes. Mon père ne m'a jamais dit qu'il m'aimait. Pas comme ça. Il me le montrait, mais il ne s'exprimait pas sur ses sentiments. Il aura fallu que je passe de l'autre côté pour entendre ses mots qui me font tellement de bien.

— Demandez-lui pourquoi elle a fait ça. S'il vous plaît, implore maman. Pourquoi a-t-elle voulu mettre fin à ses jours ?

— J'étais malade, dis-je d'une voix étranglée. J'ai voulu mourir avant de devenir une charge pour Paul et pour vous.

Mais Alberto ne semble plus m'entendre.

— Juliette ? appelle-t-il. Avez-vous entendu ?

— Juliette, répond-nous, supplie ma mère. Nous avons besoin de savoir.

Ses yeux, soudain, se remplissent de larmes ; elle cherche refuge vers mon père, mais celui-ci semble hébété.

— Ma toute petite, murmure-t-il. C'est ma faute. Tout est ma faute.

— Alberto ! je crie de toutes mes forces. ALBERTO ! Dites-leur que j'étais malade !

Il ne réagit pas. On dirait qu'il ne m'entend plus ! Soudain, tout est silencieux autour de moi, comme si j'étais enfermée dans une cage en verre. Les lèvres de mes parents remuent, mais je n'entends plus rien. J'ai beau bouger dans tous les sens, hurler, personne ne fait attention à moi. Mes parents, tout à l'heure si pleins d'espoir, semblent totalement brisés. Je me rends seulement compte à quel point je les ai faits souffrir, à quel point ils ont besoin de savoir pour pouvoir faire leur deuil. Non ! C'est impossible ! Je ne peux pas partir avant de transmettre un message à Paul. Je hurle de plus belle, comme si je pouvais briser la paroi invisible qui me sépare d'eux. J'essaie encore et encore de toucher l'épaule d'Alberto mais une force invisible m'en empêche. Je suis prisonnière.

30

J-1

Soudain, une lumière apparaît dans mon champ de vision et une forme se matérialise sous mes yeux. Arielle. Je savais bien que c'était trop beau, que ma tentative de connexion avec mes parents ne passerait pas inaperçue.

— Juliette, tu as enfreint les règles.

— Je sais, mais je ne peux pas laisser mes parents et Paul vivre avec ces questions, ce serait trop cruel !

— N'est-il pas tout aussi cruel de refuser ton aide à cette troisième personne qui a vraiment besoin de toi ?

— Si… je suppose, mais…

— Je crois que tu n'as pas bien compris ce que représente le néant, Juliette. C'est un endroit où règnent la tristesse, les regrets, le désespoir. C'est là que tu veux passer l'éternité ? Il est encore temps d'agir. Tu as pris une décision en mettant fin à tes jours, et tu dois l'assumer. Tu ne peux pas réécrire le passé, mais tu peux encore écrire ton avenir.

Les paroles d'Arielle me troublent. Je devrais passer toute l'éternité dans ce lieu sinistre ? Le jeu en vaut-il la chandelle ? N'y a-t-il pas d'autres solutions pour expliquer mon geste à mes proches ? Peut-être que Constance va enfreindre le secret médical pour révéler à Paul ma maladie et qu'il en déduira les raisons de mon acte ?

Je dois assumer mes choix à présent. Si l'on me laisse une chance d'échapper au néant, je dois la saisir, coûte que coûte. Je tiens trop à la vie, même si celle-ci ne sera plus jamais comme celle d'avant.

— Tu as raison, Arielle, je vais essayer d'aider le troisième inconnu.

Elle pose une main sur mon épaule en me souriant, puis se volatilise dans les airs.

Les parois de ma prison de verre ont disparu, mais mes parents et Alberto ne m'entendent toujours pas. D'ailleurs, si je les vois toujours, je ne les entends plus non plus.

Concentre-toi, Juliette !

J'inspire profondément à plusieurs reprises et visualise mon cœur qui s'ouvre comme une fleur, prêt à accueillir celui qui aura besoin de moi.

Un son diffus, à peine audible, me répond. Un mot.

— Juliette...

Ça y est, il est là ! Je l'entends !

— Juliette...

Cette voix...

— Paul ? Paul, c'est toi ?

— Juliette...

Ce n'est pas possible ! Cette voix, c'est celle de Paul !

J'hésite un moment. Dois-je chercher à le rejoindre, malgré le risque que cela représente pour moi ?

Sa voix est tellement désespérée... Je ne peux pas l'abandonner une seconde fois ! Je dois absolument lui parler, quelles qu'en soient les conséquences. J'espère qu'il va m'entendre, cette fois.

Je vois alors un fil argenté partir de mon cœur et s'étirer dans les airs.

Je me retrouve dans un cimetière, au milieu de pierres tombales qui brillent au soleil. Et soudain, je le vois, de dos. Sa carrure, l'implantation de ses cheveux dans sa nuque, la forme de ses oreilles… Je le reconnaîtrais entre mille. Je m'avance vers la voix. Je me rapproche sans faire de bruit, pour ne pas l'effrayer. Peut-il seulement me voir ?

Il est assis sur la margelle du caveau de ma famille. En lettres d'or, les noms de mes ancêtres, et notamment ceux de Jules et de Jeanne, y sont gravés avec leur date de naissance et de décès. Sur la dernière ligne, je lis « Juliette Giraudo, née Desplin, 8 octobre 1982 – 15 septembre 2020. » J'ai beau savoir que je ne suis plus de ce monde, cette inscription me percute aussi sûrement qu'un poignard au creux de mon estomac.

J'aimerais me blottir contre lui, le serrer dans mes bras, caresser sa joue, embrasser ses lèvres, mais je ne sais pas si j'en ai encore le droit. Je le contourne pour me placer face à lui. Son visage est ravagé par la tristesse ; il porte une barbe poivre et sel, son regard est caverneux et ses joues sont creuses. Je recule d'un pas devant cette image glaçante. Il n'est plus que l'ombre de lui-même. Sans me voir, il porte à son visage le foulard fleuri que j'aspergeais de mon parfum et que j'enroulais ensuite autour de mes cheveux. Il marmonne mon nom en boucle, « *Juliette… Juliette… Juliette…* ». Ses doigts jouent avec des galets posés sur la tombe. Des galets qui forment le mot « *Why?* » écrit en lettres géantes.

— Pardonne-moi, ma Juliette, murmure-t-il, dévasté. J'aurais dû mieux t'écouter. J'aurais dû comprendre. Je t'ai abandonnée…

Je me laisse tomber à genoux à côté de lui et passe délicatement un bras autour de ses épaules. Si seulement je pouvais entrer en contact avec lui… Si seulement il pouvait avoir les mêmes facultés que Jérémy ou Ninon !

Je ne peux me résoudre à le laisser souffrir comme ça, sans rien faire. Je passe ma main devant ses yeux ; il ne réagit pas et conserve le regard fixé sur les galets qu'il caresse du bout des doigts.

— Paul ? Paul, tu m'entends ?

Il redresse alors son buste dans une grande inspiration. M'a-t-il entendue ? Sa main se glisse dans la poche de son jean et en sort un mouchoir en papier roulé en boule. Il s'essuie les yeux, reprend sa position voûtée.

— Paul ! Je suis là, à côté de toi ! Paul, écoute-moi, par pitié !

Sans bouger, sans me regarder, il se met à balbutier pour lui-même des phrases à peine audibles.

— Que s'est-il passé, Juliette ? Pourquoi tu m'as laissé tout seul ? Pourquoi tu ne m'as pas dit ce qui te faisait du mal ? Pourquoi tu ne m'as pas dit que tu prenais des antidépresseurs ? Pourquoi tu ne m'as pas fait confiance ? Pourquoi, Juliette, POURQUOI ? finit-il par rugir dans le cimetière désert.

Je le vois dépérir, là, sous mes yeux, et je ne peux rien faire. Mes mains translucides n'arrivent même plus à attraper le moindre caillou. Je l'appelle, je hurle, mais il ne m'entend toujours pas. Soudain, il saisit l'un des galets et le jette dans l'allée avec un cri empli de rage, puis il se relève. Tandis qu'il marche vers la sortie, je tends mon bras vers lui dans l'espoir de lui attraper la main. Mais la mienne a complètement disparu. Il continue d'avancer sans se rendre compte de rien.

Le néant n'est plus qu'à quelques respirations. J'ai renoncé à ma deuxième vie… pourquoi ? Pour le voir dépérir, sans rien pouvoir y faire ? C'est ça, ma punition pour l'avoir abandonné ?

— Mon Dieu, Paul, ouvre tes chakras, à la fin ! Ne sois pas aussi cartésien ! hurlé-je. Je suis là ! Regarde-moi !

Il monte dans sa voiture en soupirant bruyamment. Sur le siège passager gisent deux cadavres de bouteilles de bière. Il met le contact et démarre. La radio laisse échapper une chanson qu'on entend à peine, mais il n'y prête pas attention. Je ferme les yeux, désespérée. La radio grésille.

Soudain, j'entends la voix de Ninon :

— Chers auditeurs, une fois n'est pas coutume, j'ai envie de vous passer un titre inhabituel. On a tous une chanson qui nous rappelle un disparu, celle qu'on écoute avec le sourire, en souvenir des bons moments, et les yeux pleins de larmes de les avoir perdus. Aujourd'hui, j'ai envie de rendre hommage à une amie à qui je dois énormément. Nous n'avons plus de contacts, mais… j'espère qu'elle pourra l'entendre, de là où elle est.

La seconde suivante, les notes de *Talking to the Moon* de Bruno Mars s'élèvent dans l'habitacle. Paul redresse aussitôt la tête.

Il incline la tête vers la droite et tend sa main vers le bouton du volume qu'il tourne d'un cran. Il a entendu les notes ! Il les a reconnues !

Oh, Ninon ! Tu es la meilleure !

Ses sanglots redoublent, mais un sourire triste s'installe sur ses lèvres tandis qu'il se remémore, comme moi, l'une des dernières fois que nous avons entendu cette chanson.

L'un des plus beaux jours de notre vie…

31

Mai 2020

— Tu n'as pas envie qu'on aille se balader dans l'arrière-pays, plutôt ? Il doit y avoir plein de monde au château…

— Non, Paul, j'ai vraiment envie d'y aller, s'il te plaît. Ensuite, je t'offrirai une glace au nougat chez Marco.

— Tu sais me prendre par les sentiments !

— Viens vite, on va rater le petit train !

— Le petit train ? Sans déconner ? Tu veux vraiment te la jouer en mode touriste, ma parole !

— Monte ou tu n'auras pas ta glace.

— OK, tu gagnes…

Le train bondé de touristes en shorts et baskets grimpe de virages en virages jusqu'au sommet de la colline qui abritait jadis un château dont il ne reste désormais que quelques ruines. Le panorama sur la Méditerranée est à couper le souffle. C'est là que nous nous retrouvions après les cours. On s'imaginait en châtelains se promenant sur nos terres, ordonnant d'une voix pincée à des serviteurs imaginaires de nous apporter des cocktails.

La locomotive s'arrête et je laisse le flot de passagers s'élancer vers le restaurant qui surplombe la mer. J'entraîne Paul sur un chemin qui descend le long de la paroi rocheuse.

— Tu veux aller à la cascade ?

Je ne lui réponds pas, trop occupée à ne pas grimacer en marchant, et à garder mon sourire malgré la douleur. Je m'arrête par moments pour reprendre mon souffle, sous le regard inquiet de Paul. Je le rassure en lui faisant croire que l'absence d'activité physique ne me réussit pas. Encore quelques mètres, une volée de marches, un virage et nous y sommes. Je laisse Paul passer en premier.

— Surpriiiiiise !

Devant nous se tiennent nos parents respectifs, mes amies Fanny et Constance, ainsi que Pierre et David, les amis de Paul.

— Qu'est-ce que vous fichez ici ? leur demande Paul, tout étonné.

Comme personne ne lui répond, il se tourne vers moi. Je me rapproche pour lui murmurer à l'oreille :

— Je n'ai pas pu t'offrir l'enfant que nous voulions mais je peux t'offrir ce que tu me demandes depuis toujours : ma main. Si tu veux bien l'accepter.

Il écarquille les yeux, abasourdi.

— Mais pourquoi maintenant ? Après tout ce temps ?

Je ne peux répondre à cette question. Je ne peux pas lui dire que l'autre chose que je ne peux lui offrir, c'est de vieillir à ses côtés. Je ne peux pas lui dire que c'est maintenant ou jamais.

— Parce que j'ai trop attendu pour te prouver mon amour. Tu veux bien m'épouser ?

Pour toute réponse, il m'embrasse tendrement en me serrant dans ses bras.

— Il a dit oui ! je crie à l'assemblée, qui éclate de rire.

Je sors alors de mon sac de plage une veste de smoking qu'il enfile sur son polo, un voile de tulle que j'accroche dans mes cheveux et qui recouvre ma petite robe blanche, et des sandales à talons que j'enfile à la place de mes ballerines.

— Je sais que tu n'as jamais aimé ce qui était trop conventionnel, mais là, tu fais très fort, Juliette !

— Ça t'ennuie ? Tu aurais préféré une cérémonie plus traditionnelle ?

— Oh non, je n'aurais pu rêver mieux !

— Alors, nous pouvons y aller, je lui réponds en souriant.

Je fais un signe de la tête à mon père, qui appuie sur son téléphone. Quelques notes de musique s'échappent dans les airs, en guise de marche nuptiale. Paul reconnaît le début de notre chanson, celle que nous aimions chanter à tue-tête dans la voiture, *Talking to the Moon*. Il me sourit en hochant la tête, incrédule. Nous nous avançons au milieu de nos proches qui nous sourient et nous serrent contre eux, jusqu'à une table derrière laquelle se tient un officier d'état civil. Maman et Constance s'avancent à mes côtés, Pierre et David se postent près de Paul.

— Bien, nous dit l'élu. Commençons…

Tandis qu'il nous lit les engagements des mariés, je me plonge dans le regard constellé d'étoiles de Paul. J'y lis son amour, sa surprise, sa joie. J'espère de tout mon cœur qu'il décèlera dans le mien les mêmes émotions et qu'il ne dénichera pas la pointe de tristesse que j'essaie d'y cacher. Je tourne la tête vers Constance, qui m'adresse un regard compatissant. Je lui ai fait jurer de ne rien révéler à Paul et je sais qu'elle tiendra sa promesse.

— Monsieur Paul, Raymond, Gustave Giraudo, acceptez-vous de prendre pour épouse mademoiselle Juliette, Jeanne, Denise ici présente ?

Son sourire lumineux précède sa réponse.

— Oui ! Plutôt deux fois qu'une !

L'édile poursuit sous les rires de l'assemblée.

— Mademoiselle Juliette, Jeanne, Denise Desplin, acceptez-vous de prendre pour époux monsieur Paul, Raymond, Gustave ?

— Oh oui !

— Eh bien, ça, c'est du consentement ! s'amuse l'élu. Vous pouvez embrasser la mariée.

Nous nous embrassons tendrement.

— Où sont les alliances ? demande-t-il en nous regardant.

Je me tourne vers Paul.

— À ton avis ?

Il soupire, amusé, et s'accroupit au pied de la cascade d'où ne coule qu'un filet d'eau. Il retire un rocher recouvert de mousse et le pose sur le côté. Puis, il extrait une boîte recouverte de nacre de la paroi rocheuse. À l'intérieur, il trouve nos deux alliances posées sur un coussin en satin blanc.

— T'es vraiment folle, mais c'est pour ça que je t'aime ! me murmure-t-il en enfilant l'alliance à mon doigt.

Je prends sa main et fais glisser son alliance sur son annulaire, contente de mon petit effet.

— Je vous déclare mari et femme ! s'écrie l'édile.

Paul me prend dans ses bras et me serre contre lui avant d'approcher ses lèvres des miennes et de me donner le baiser le plus voluptueux et le plus amoureux de toute notre vie.

32

J-1

LES paroles de *Talking to the Moon* s'élèvent dans l'habitacle, me ramenant au présent. Paul, les larmes aux yeux, les murmure silencieusement du bout des lèvres.

«*At night when the stars*
Light on my room
I sit by myself
Talking to the moon
Try to get to you
In hopes you're on
The other side
Talking to me too[1] »

La signification de ces paroles ne m'a jamais semblé aussi juste. Moi aussi, je parle à la lune en espérant que, même si je suis de l'autre côté, tu me répondes, mon amour. Des larmes se sont mises à couler sur le visage de Paul ; je tente de les essuyer, en vain.

---

1. *La nuit quand les étoiles éclairent ma chambre, je suis assis seul, je parle à la lune, j'essaie d'arriver jusqu'à toi, dans l'espoir que tu sois de l'autre côté, et que tu me parles, toi aussi.*

— Je suis là, ne pleure pas… Je suis désolée, mon amour. Je t'aime tellement.

Il enclenche son clignotant et, au lieu de remonter le boulevard Grosso, il continue le long de la Promenade des Anglais. Quelques minutes plus tard, il se gare en double file et monte les marches quatre à quatre. Il bouscule un jeune qui lui coupe le chemin, court sur le sentier. Je le suis beaucoup plus facilement que je n'aurais pu le faire si j'étais restée en vie. Je l'entends marmonner : « Mais qu'est-ce que je suis con ! Pourquoi je n'y ai pas pensé plus tôt ? » Hors d'haleine, il arrive enfin à la cascade qui ruisselle en fines gouttelettes. Des touristes prennent des photos du paysage mais il ne leur accorde aucune attention. Il se met à genoux, détache la grosse pierre et sort la boîte en nacre, notre boîte.

À l'intérieur, il découvre la photo de notre mariage et se met à sangloter. Il la retourne et lit le mot que j'avais écrit pour lui.

« *Mon amour,*

Petite, je croyais au pouvoir des fées de la cascade.

En grandissant, j'ai découvert ton pouvoir de magicien.

Tu as transformé ma vie en océan de bonheur. Un océan parfois secoué par des tempêtes, des bourrasques, des risques de chavirement, mais toujours, tu as su nous maintenir à flot et ramener la quiétude et la joie dans notre vie.

L'avenir nous réserve de gros orages, mais je sais que nous les traverserons ensemble, comme nous l'avons toujours fait.

Parce que je t'aime et que tu m'aimes, quoi qu'il arrive.

Maintenant et pour toujours.

Juliette »

Paul s'effondre contre les rochers et se met à sangloter. Les touristes s'éloignent, le laissant à sa peine. Le cœur brisé, je m'agenouille à ses côtés et me blottis contre lui en essayant de lui insuffler du réconfort, en lui murmurant que je suis là pour lui, en lui promettant que je me sens bien, enfin. Il pleure pendant ce qui me semble une éternité, jusqu'à ce que le jour commence à décliner. Les derniers rayons du soleil illuminent les fines chutes d'eau qui forment un rideau scintillant. C'est tellement beau que je me lève pour passer à travers ces fils d'or. Mais je ne ressens ni l'eau, ni la chaleur du soleil. Mon corps est déjà à moitié dans le néant ; suivre Paul aura été ma dernière action. Mon dernier sacrifice. Si au moins il avait pu me voir, si seulement j'avais pu lui parler…

— Juliette ?

Paul regarde dans ma direction, l'air incrédule.

— Juliette, c'est toi ? me demande-t-il en s'avançant vers moi, les yeux écarquillés.

Mon cœur s'arrête de battre un instant. Son regard se pose sur moi – pas à travers moi, mais bien sur moi, comme s'il me voyait.

Il s'approche lentement de moi et lève sa main vers ma joue.

— Paul ! Paul, je suis là ! Tu m'entends ?

— Je t'entends et je te vois, Juliette ! Je te vois dans ces gouttes d'eau, dans cette lumière.

— Paul, je t'aime tellement… Pardonne-moi.

— Je… Tu es vraiment là ?

— Toujours, mon amour. Je serai toujours là pour toi.

Son regard se ferme aussitôt. Il recule d'un pas, comme frappé.

— Non, Juliette, tu n'es plus là pour moi.

— Je suis là, Paul. Je t'ai vu au cimetière et dans la voiture, avec notre chanson… J'étais là.

— Tu m'as abandonné.

Il y a une telle rancœur, dans sa voix – un tel désarroi.

— Je sais. Pardonne-moi.

— Pourquoi ? demande-t-il, la voix brisée. Pourquoi tu es partie ?

Quelque part, dans mon corps sans vie, quelqu'un broie mon cœur en mille morceaux.

— J'étais malade, mon amour. J'allais mourir.

Il me regarde sans comprendre.

— Ma… Malade ?

— Charcot. Quelques semaines de plus, et je ne pouvais plus marcher. J'aurais fini paralysée.

Il vacille, incapable de prononcer un mot.

— Ce n'est pas ta faute, Paul. Ça ne l'a jamais été. J'ai eu peur, je ne voulais pas devenir un fardeau pour toi. Ce quc tu as dit quand on a appris pour notre fœtus… Je ne l'ai jamais oublié. Je ne voulais pas te faire subir ça.

— Alors tu as sauté.

Sa voix est blanche, dénuée d'émotion.

— Oui. J'ai sauté, avant de ne plus en être capable. J'ai sauté parce que j'avais peur que tu te sentes obligé de t'occuper de moi, ou que je me retrouve toute seule, à la fin. Je ne voulais pas devenir un fardeau.

— J'aurais été là pour toi, tu le sais. (Sa voix se brise.) Je t'aurais aimée jusqu'à la fin, tout comme j'aurais aimé notre enfant s'il était venu au monde… Si tu savais comme j'ai regretté d'avoir insinué qu'il valait mieux qu'il n'ait pas vécu. Si seulement j'avais réussi à en parler, si j'avais pu mieux t'écouter, tu aurais eu davantage confiance en moi et tu m'aurais avoué ta maladie.

— Pardonne-moi d'avoir cru que tu préférerais vivre sans moi. J'aurais dû te parler. Nous aurions dû décider ça ensemble.

— Mais c'est trop tard, à présent. Tu resteras loin de moi pour toujours, conclut-il, des sanglots dans la gorge.

J'aimerais lui dire qu'on se retrouvera un jour, qu'il me rejoindra à sa mort, et qu'on sera heureux de nouveau.

Je ne le peux pas.

J'ai brûlé ma dernière chance en venant le voir. Et je ne le regrette pas un instant.

— Tu vas pouvoir faire ton deuil, dis-je avec toute la tendresse du monde. Tu vas pouvoir m'oublier, être heureux de nouveau.

— Je ne t'oublierai jamais.

— Mais pourras-tu me pardonner ?

Il passe la main dans la cascade, tout doucement cette fois. Regarde l'eau couler sur ses doigts. Il va chercher la boîte en nacre, la regarde longuement ; puis, lentement, la tend vers l'eau, comme pour me l'offrir.

— Je te pardonne, mon ange.

Il sanglote tout bas, un long moment. Mes larmes invisibles se mêlent à l'eau de la cascade, tandis qu'un grand poids s'échappe de mon cœur. Paul. Mon amour de toujours, le soleil de ma vie.

— Tout ira mieux, maintenant. Tu iras mieux.

— Tu… Tu reviendras ? demande-t-il quand ses larmes se tarissent.

Mon regard se porte sur la brume du néant qui m'enveloppe, plus dense à chaque instant, et qu'il ne peut pas voir. Mes jambes, mon torse ont totalement disparu, aspirés dans leur dernier soupir. Cette fois, il n'y aura pas d'autre chance.

— Je ne crois pas, lui dis-je à regret.

Il tend la main vers moi, sans me toucher.

— Je ne sais pas comment vivre sans toi, murmure-t-il d'une voix brisée.

— Tu es fort, mon amour. Plus que je ne l'ai jamais été. Tu y parviendras. Tu trouveras de nouveau l'amour, et peut-être même qu'un jour, tu auras cet enfant que nous désirions tant. Et alors, tu l'aimeras assez pour nous deux.

Il acquiesce, la gorge trop serrée pour pouvoir parler.

Il se glisse à son tour sous le rideau aquatique et se colle à moi, à ce qu'il perçoit de moi, et resserre ses bras autour de moi. Je pose mes lèvres sur les siennes en espérant qu'il ressente tout mon amour dans ce baiser. J'aurais voulu que cet instant dure toujours. J'aurais voulu continuer à veiller sur lui, profiter encore de cette cascade, du chant des fées et de l'odeur des pins. J'aurais voulu vivre, si fort, bien plus que je ne l'ai jamais voulu dans ma première vie. Mais c'est sans le moindre regret que je lui offre mon dernier souffle, certaine, désormais, qu'il pourra vivre en paix. Nous restons arrimés l'un à l'autre jusqu'à ce que le soleil s'éteigne dans la mer et que mon image s'évanouisse.

— Je t'aime, Juliette. Je t'aime pour l'éternité.

Ce sont les derniers mots que j'entends, avant d'être aspirée par le néant.

33

Jour J

Tout est noir autour de moi. Écran d'encre cotonneux, étouffant, qui m'aspire irrémédiablement. Je n'ai pas peur, pourtant. Je suis en paix.

Soudain, une lumière scintillante apparaît dans la nuit. Elle grossit, éclatante, au point de m'éblouir. L'obscurité alentour n'en paraît que plus dense. Du fond de la lumière, une silhouette se détache, avance vers moi pas après pas.

— Arielle ? C'est toi ?

— Je suis venue te chercher, Juliette. Le compte à rebours est épuisé.

Elle me sourit et me tend la main. Je la suis sans rechigner, à bout de forces et d'énergie.

Je pensais revenir dans la maison de mes grands-parents, mais je me retrouve dans ma librairie, auréolée d'une lumière orangée et embaumant le patchouli.

Je me sens complètement vide à l'intérieur.

Arielle doit ressentir mon état de fatigue, car elle s'approche de moi avec un air compatissant. Elle pose alors ses mains sur mon visage ; je ressens une vague de chaleur, de douceur et d'amour qui me régénère complètement, instantanément.

Je devrais expliquer à Arielle pourquoi je n'ai pas respecté ses directives, pourquoi j'ai préféré aller voir ma famille plutôt que d'aider le troisième inconnu. Mais les mots restent coincés dans ma gorge.

— Tu n'as pas fait ce que je t'avais demandé, me reproche-t-elle avec douceur.

Je redresse fièrement la tête.

— Je suis prête à en subir les conséquences.

Son regard est si triste, à cet instant, que ma gorge se serre.

— Pourquoi t'es-tu sacrifiée ?

— C'était l'unique chose à faire, dis-je d'une voix étranglée. J'ai laissé Paul sans explication, seul avec sa souffrance. Je ne pouvais pas l'abandonner encore une fois.

— Alors tu as choisi la mort. Encore.

Je hoche la tête.

— À croire que je n'étais pas faite pour la vie.

— Au contraire.

Son visage s'étire d'un sourire bienveillant.

— Cette fois, ce n'est pas la peur qui t'a guidée, c'est l'amour.

J'acquiesce, soulagée qu'elle l'ait compris.

— Ça veut dire que je n'ai pas eu complètement tort ?

Elle ne répond pas.

— Ce qui doit compter, à la fin d'une vie, c'est la façon dont tu as affronté les difficultés qui se sont présentées à toi.

— Je ne suis pas sûre de m'en être très bien sortie, avoué-je en rougissant. Il y avait d'autres chemins que la mort.

— Et tu as su les montrer à Jérémy, tout comme tu as su aider la grand-mère de Ninon à partir en paix.

— Oui, mais cela ne répare pas mon acte…

— En effet, mais il t'aura permis de comprendre pourquoi tu l'avais fait. Pour le réparer, tu aurais dû agir par altruisme avec trois inconnus, par opposition à la façon dont tu avais choisi de mourir.

— Et j'ai encore échoué. Je suis désolée, Arielle, mais je ne regrette pas mon choix. Je suis prête à en assumer les conséquences.

Son sourire se fait énigmatique ; son regard, pétillant.

— Au contraire, murmure-t-elle. Tu as parfaitement réussi.

Mon cœur manque un battement.

— Paul était la troisième personne ?

Elle a un petit rire.

— Pour être franche, non. Tu étais censée aider un inconnu qui t'aurait permis de faire le deuil de ta vie, une fois pour toutes.

— Mais alors…

— Parfois, plusieurs chemins mènent au même endroit, dit-elle avec douceur. Refuser la deuxième vie qui t'était offerte pour sauver celle de ton mari, même après avoir compris à quel point tu avais envie de vivre de nouveau, c'était très noble de ta part. C'était un acte d'altruisme pur.

— Tu veux dire que… je ne vais pas devoir partir dans le néant ?

Je scrute le regard pétillant d'Arielle, incrédule. D'une main, elle attrape la mienne. Je me rends soudain compte que mon corps est de nouveau palpable, parfaitement visible. Autour de nous, dans un souffle féerique, la librairie laisse place au jardin de mes grands-parents. Le chant des oiseaux m'accueille avec joie ; j'inspire profondément l'odeur des pins, sans retenir un éclat de rire.

— Félicitations, Juliette, me congratule Arielle avec émotion. Bienvenue parmi les messagers.

Épilogue

Assise dans le jardin de mes grands-parents, je contemple les vaguelettes qui s'échouent sur le sable en contrebas, bercée par le chant des cigales et la brise marine.

Il y a quand même deux avantages à être un messager : nous pouvons moduler notre environnement à notre convenance à tout moment, changer de décor, de parfum, d'ambiance, de lumière, comme si nous étions les réalisateurs d'un film dans lequel nous vivons.

Le second est le plus important : nous pouvons retrouver ceux qui sont partis avant nous. Pépé Jules et mémé Jeanne sont assis en face de moi autour de la table familiale. Il la regarde avec des yeux pleins d'étoiles, comme si c'était la première fois, comme s'ils n'avaient pas passé plus de soixante-dix ans ensemble. Elle lui prend la main et y dépose un baiser. De l'autre côté de la table, mamie Denise et papi Louis se chamaillent gentiment, comme avant, à propos d'un souvenir sur lequel ils ne sont pas d'accord. J'ai été ravie de les retrouver tels qu'ils étaient avant que leur esprit se mette à divaguer. J'ai pu avouer à ma grand-mère combien j'étais désolée de ne pas avoir été plus présente à la fin de sa vie pour l'aider à la terminer en paix. Elle m'a répondu que ce n'était pas mon rôle et que je ne devais pas m'en vouloir. Elle m'a expliqué que cette expérience avait été plutôt bénéfique en fin de compte, puisqu'elle m'avait aidée à conseiller mes protégés.

— Rien n'arrive par hasard, ma douce Juliette, les bons moments comme les mauvais. Ils nous apprennent quelque chose qui nous servira, tôt ou tard. Tout n'est qu'expérience, tu sais.

— Je ne te savais pas aussi philosophe, mamie !

— Je dois dire que j'ai beaucoup changé en arrivant ici. Je suis devenue messagère, philosophe et même une inspiratrice !

— Comment ça ?

— Tu te souviens que tu avais la faculté de deviner quel livre pouvait convenir à chaque lecteur ?

— C'est toi qui me soufflais les titres ?

— Au début, oui. Comme tu le sais, d'ici nous avons accès à une multitude d'informations sur les vivants. Mais au fil du temps, je n'ai plus eu besoin de le faire, tu te débrouillais très bien toute seule. Tu as toujours eu ce don en toi, depuis toute petite.

— Je confirme, renchérit maman. Tu as toujours su trouver tes cadeaux de Noël avant l'heure, même si nous passions un temps fou à les cacher. Tu me rendais chèvre ! ajoute-t-elle en serrant ma main dans la sienne.

Papa hoche la tête en souriant à l'évocation de ces souvenirs.

Ils sont arrivés ici à dix jours d'intervalle, il y a douze ans. Maman est décédée d'un cancer de l'estomac et le cœur de papa s'est tout simplement arrêté de battre pendant son sommeil, peu de temps après. Il semble que ma disparition les avait rapprochés : ils se sont remis ensemble et un an plus tard, ils ont célébré leur seconde union ici, dans ce jardin.

Alberto faisait partie des invités. Je lui ai soufflé un « Merci » en passant dans son dos. Je ne suis pas sûre qu'il m'ait entendue au milieu des notes de flûte jouées par un certain Jérémy. Mon protégé avait décidé d'arrêter ses études et de devenir musicien. Il avait été embauché par une société organisatrice de mariages et jouait des airs à la flûte ou au violon pendant la cérémonie. Et il s'est retrouvé à jouer au mariage de mes parents, alors que lui comme eux ignoraient le lien qui les reliait. Je n'y suis pour rien (ou presque…). C'est lors d'un mariage qu'il a rencontré Justine, une jeune serveuse. Cette fois-ci, je n'ai réellement joué aucun rôle, je le jure ! Dès qu'ils se sont vus, ils ont ressenti un coup de foudre réciproque. Je prie pour que leur histoire lui apporte enfin l'amour.

J'ai toujours gardé un œil sur Ninon. Elle est devenue écrivain et a publié plusieurs romans qui ont connu un beau succès. Dans son premier texte, elle a raconté la vie dans les années 1940 d'une jeune femme, Marie-Rose, mariée à Johnny, un homme brutal, et mère d'un petit Denis surnommé Doudou. Elle y a retracé l'histoire de sa grand-mère en modifiant légèrement les prénoms et en inventant ce que les lettres de son aïeule ne lui avaient pas appris. Il y a dix ans, elle et son compagnon ont décidé d'adopter un enfant cambodgien. Ils auraient pu en avoir un ensemble de manière naturelle mais ils ont préféré offrir une belle vie à un enfant né dans la misère. Leur grandeur d'âme m'a donné une belle leçon d'amour et d'altruisme.

Au fil des années, plus de trois mille personnes ont sollicité mon aide. Des personnes confrontées à des problématiques liées à la vie et à la mort, évidemment. Mon vécu me donne une certaine expérience en la matière, même si je suis loin d'avoir acquis des certitudes sur la question. Je me contente d'écouter mes protégés, de comprendre ce qui les motive, de mettre leurs peurs à nu pour qu'ils en prennent conscience et parviennent à les surmonter. Ensuite, délestés d'une partie de leur angoisse, ils sont plus à même de faire les bons choix. Certains les conduisent vers la vie, d'autres non. C'est ainsi. J'ai appris à l'accepter.

Écouter et aider mes protégés me bouleverse à chaque fois, mais je n'y renoncerai pour rien au monde. Je retrouve ce sentiment d'utilité que j'éprouvais à la librairie, mais mille fois décuplé. Ici, je ne conseille pas une lecture, mais une nouvelle façon de poursuivre sa vie.

Soudain, l'air se tend autour de moi et la brume enveloppe les membres de ma famille qui disparaissent de ma vue. Je reconnais ce signal : l'un de mes protégés a atteint la rivière, je dois aller l'accueillir.

En un battement de cils, je m'y retrouve. L'ambiance n'y est jamais la même : aujourd'hui, une lumière dorée nimbe le pont et les deux rives. Ce doit être Paulette, ma protégée centenaire que j'ai aidée à ne plus avoir peur d'aller de « l'autre côté », comme elle dit.

Une silhouette apparaît de l'autre côté du pont et se dirige vers moi. À mesure qu'il avance, j'identifie un homme d'une soixantaine d'années, le front dégarni. Il s'approche de moi avec un sourire à faire fondre les anges.

— Juliette !

Impossible. Il est trop tôt. Beaucoup trop tôt.

— Paul. Mais que fais-tu ici ?

— Tu n'es pas heureuse de me voir ? me demande-t-il en m'ouvrant ses bras.

Je me blottis contre lui, pleurant et riant en même temps. Je retrouve avec délice ce parfum qui m'a tant manqué ces vingt-trois dernières années, la douceur de sa peau, la chaleur de son torse, la tendresse dans ses yeux et l'amour qui n'a cessé de nous lier par-delà la mort.

Au bout d'un moment, mon statut de messagère me pousse à prononcer une phrase que j'aimerais taire.

— Tu n'aurais pas dû venir me rejoindre, Paul. Il est trop tôt. Tu n'as que soixante-trois ans…

— Figure-toi que je suis aussi surpris que toi. Ce matin, je suis allé à la cascade pour y commémorer nos vingt-quatre ans de mariage. J'ai déposé un cadeau pour toi dans notre cachette et en me relevant, j'ai ressenti une douleur violente dans la poitrine. Je suis tombé à genoux, sous la cascade et… me voici.

— Tu as eu un infarctus ?

— Je suppose. Mon médecin m'avait prévenu que l'état de mon cœur n'était pas fameux, ces derniers temps… Ça ne devrait pas surprendre Mathilde.

— Peut-être pas, mais elle sera dévastée. La pauvre…

Paul a épousé une jeune femme, Camille, quatre ans après mon décès. Je mentirais en disant que je n'ai pas œuvré pour qu'ils se rencontrent et que Paul accepte de rouvrir son cœur… Ensemble, ils ont eu une petite fille, Mathilde, le plus beau cadeau que Paul pouvait espérer. Aujourd'hui, elle a dix-neuf ans et c'est une jeune fille magnifique. Paul et Camille sont séparés depuis une dizaine d'années, après avoir constaté qu'ils étaient davantage amis qu'amoureux. Elle est désormais sa confidente. Paul a préféré rester célibataire depuis ce jour-là pour consacrer son temps libre à sa fille.

— Je m'inquiète tant pour elle, me répond-il. Que va-t-elle devenir sans moi ?

Mathilde a toujours eu un lien très étroit avec son père, et je sais qu'elle souffrira énormément de son absence.

— Elle souffrira, c'est évident. Et au bout d'un moment, la vie reprendra ses droits et elle continuera son chemin, différemment, peut-être plus forte. J'espère qu'elle fera appel à un messager pour l'accompagner dans cette épreuve.

— Ça, tu peux en être sûre. S'il y a bien une chose que je lui ai répétée depuis toujours, c'est que nous avions tous un ange gardien et que nous ne devions jamais hésiter à le solliciter en cas de besoin.

— Et tu lui as avoué que tu connaissais le tien de façon personnelle ?

— Non, reconnaît-il. Déjà qu'elle me traitait d'illuminé, ajoute-t-il en riant.

Son rire semblable à du sable chaud, à une envolée d'oiseaux, à une pluie bienfaisante, me ramène plus de quarante ans en arrière, lors de notre première rencontre.

— Je ne devrais pas te dire ça, je sais que tu es triste de ne plus être présent pour ta fille, mais je suis ravie de me retrouver auprès de toi, enfin, après toutes ces années. Mon cœur va exploser de joie !

— Au moins, tu ne risques pas l'infarctus, ajoute-t-il en prenant mon visage entre ses mains. Dis-moi, ce n'est peut-être pas très déontologique d'embrasser son ange gardien, n'est-ce pas ?

— Non, je ne pense pas, effectivement…

Je fais mine de réfléchir en posant mon index sur mon menton.

— D'un autre côté, puisque tu n'es plus mon protégé, je pense que tu en as le droit.

Il approche ses lèvres des miennes, tout doucement, comme pour remonter toutes ces années où nous avons été séparés. Quand elles se touchent enfin, notre baiser a le goût de l'éternité. Je sais, à cet instant, que Paul ne sortira plus jamais de ma vie.

Merci !

Merci à vous, chers lecteurs, d'avoir donné vie à l'histoire de Juliette.

J'espère qu'elle vous aura émus, autant que je l'ai été en l'écrivant.

L'objectif de ce roman était de célébrer la vie, l'amour, l'espoir, la puissance du pardon, mais aussi d'évoquer ce qui peut faire vaciller nos convictions face aux accidents que notre existence nous réserve parfois.

L'histoire reflète mes croyances sur ce sujet, que vous connaissez si vous avez terminé le roman, mais que je tairai au cas où vous liriez ces pages auparavant. Je ne cherche pas à vous les imposer et je n'ai aucune preuve scientifique de ce en quoi je crois. Mais peu importe, à partir du moment où cette version me donne une vision optimiste de la vie, vous ne croyez pas ?

L'autre raison qui m'a poussée à écrire ce livre est identique à celle de Ninon, qui a révélé l'histoire de Rose dans son premier roman. Rose, c'est le nom de scène que j'ai donné à ma grand-mère Madeleine. Les lettres que vous avez lues, c'est elle qui les a écrites à sa mère Yvonne. Elle aussi s'interrogeait sur le sort funeste de son fils Mimi et sur ses conséquences ultérieures. Une énigme qui m'a longtemps troublée, mais qui témoigne des vicissitudes auxquelles nous sommes confrontés, de nos maladresses, du mal que nous pouvons faire malgré nous et de l'amour qui persiste, même à feu couvert.

Je voudrais remercier tout particulièrement mon amie Valérie Faiola, mon experte sur ce sujet que je préfère taire une fois encore. Merci aussi à Laurence Trochard, mon amie et fidèle bêta-lectrice, pour ses conseils avisés sur ma première version.

Un grand merci à Stéphanie Ricordel, mon éditrice chez Eyrolles, d'avoir cru en cette histoire particulière et à Agnès Marot pour m'avoir grandement aidée à améliorer mon texte.

Merci à tous ceux qui croient en moi et en mes histoires, Mylène, Valérie, Carène, Lili, Laurence, Émilie et tous les autres.

Merci à tous les libraires qui défendent mes livres au quotidien et sur les salons, et notamment aux équipes de Charlemagne qui me soutiennent depuis le début.

Merci aux représentants Eyrolles qui me représentent si bien, même quand je ne leur offre pas de friandises.

Merci à ma famille de me soutenir même quand je ne prépare pas le repas dans les temps ou quand je l'écoute d'une oreille distraite.

Et surtout, merci à vous, mes lecteurs de toujours ou plus récents, ceux pour qui j'écris, ceux qui me permettent de vivre ma passion et de me donner l'impression que je peux vous apporter un peu de distraction, d'évasion, d'émotion et peut-être de joie, parfois.

Une fois encore, je vous remercie de bien vouloir garder pour vous les « surprises » que cette histoire vous a réservées, afin de préserver la satisfaction des futurs lecteurs.

Il me faut terminer cette page de remerciements, même si elle signe la fin de mon aventure avec Juliette. Merci à elle de m'avoir raconté son histoire.

J'espère que cette histoire vous aura émus, surpris, questionnés, emportés. Si c'est le cas, n'hésitez pas à en parler autour de vous. C'est en effet le meilleur moyen pour que d'autres lecteurs la découvrent à leur tour. D'avance, merci !

À très vite,

Marilyse

Réécris ta Vie !

Si vous le souhaitez, vous pouvez me rejoindre sur le site Réécris ta Vie, un espace dédié au coaching en développement personnel, à votre épanouissement, à la recherche du bonheur et à la réalisation de vos rêves.

Vous y trouverez des programmes de coaching professionnel et ikigai, des ateliers du bonheur et des ateliers d'écriture inspirante, des formations et des programmes bien-être qui vous permettront de réécrire votre histoire, une histoire passée, présente et future qui correspondra réellement à la vie que vous méritez !

Pour le découvrir, scannez le flashcode ci-dessous ou rendez-vous sur le site https://reecristavie.com !

Pour retrouver ou contacter l'auteur :
Mail : marilysetrecourt.auteur@gmail.com
Page Facebook : https://www.facebook.com/marilysestories/
Compte Twitter : https://twitter.com/Marisaline
Compte Instagram :
https://www.instagram.com/marilysetrecourt.ecrivain/
Page auteur Amazon : Page Marilyse Trécourt – Auteur

Merci d'avoir choisi ce livre Eyrolles.
Nous espérons que sa lecture vous a intéressé(e) et inspiré(e).

Nous serions ravis de rester en contact avec vous et de pouvoir vous proposer d'autres idées de livres à découvrir, des nouveautés, des conseils, des événements avec nos auteurs ou des jeux-concours.

Intéressé(e) ? Inscrivez-vous à notre lettre d'information.

Pour cela, rendez-vous à l'adresse go.eyrolles.com/newsletter ou flashez ce QR code (votre adresse électronique sera à l'usage unique des Éditions Eyrolles pour vous envoyer les informations demandées) :

Vous êtes présent(e) sur les réseaux sociaux ?
Rejoignez-nous pour suivre d'encore plus près nos actualités :

Eyrolles Bien-être

Eyrolles_romans

Merci pour votre confiance.
L'équipe Eyrolles

N° d'impression : 97764
Dépôt légal : février 2021
Imprimé en France sur Roto-Page
par l'Imprimerie Floch
Cet ouvrage est imprimé sur du papier Munken Print Crean 80 g,
papier issu de forêts gérées durablement